献给埃米尔和格曼妮,

献给艾丽丝、亨利以及路易和西蒙娜 /

参见"根"一词 [1]

献给塞缪尔、安托万和西西尔 /

参见"果"一词 [2]

---

[1] 隐喻手法：指代父母。作者用这种方式向亲人致敬。

[2] 隐喻手法：指代孩子。

一

我打算"认养"玛格丽特。玛格丽特的人生即将步入八十六岁，因此事不宜迟，我做出了这一决定。老人家可是说死就会死的。

这样一来，假如她稍有不测——至于什么不测，我也说不上来，比如说跌倒在路边或者被人偷了手提包——我就可以立即出现。我会立刻赶到，边推开围观的路人，边对他们喊道："好了，好了，大家都散了吧。有我呢，她是我的祖母。"

她的脑门儿上又没写着是被我"认养"来的。

我可以帮她买报纸，帮她买薄荷糖。每周日我可以去公园里陪她坐一会儿，去白杨公寓探望她。如果我愿意的话，还可以留下来陪她吃顿午饭。

诚然，以前我也可以这么做，可总归觉得自己是去做客。而现在去看她，则是因为这让我开心，也是出于义务。和以往相比，不同之处在于多了一份家庭责任感。这是一件让我欣喜的事，我能感觉到这一点。

玛格丽特，遇到她改变了我的人生。我独自一个人时，想起——除我之外的——另一个人就觉得开心，这很好玩儿。我没有这个习惯。因为在她之前我没有家人。

我知道自己在说什么。我当然有一位母亲，这是逃不掉的。只是，她和我除了彼此纠缠过九个月，并未一同体验过什么，即使有，也全是些最糟糕的经历。假如我对她没有什么记忆，也许反而才算得上最好的结局。我也被动地有一位父亲，但是我并未从他身上享受过太久的父爱，他给我的母亲下了种之后，就一切戛然而止了。话说回来，这一切倒没有影响我长大成人，我甚至长得比一般人还要苗壮：体重二百二十斤，全是"腱子肉"，没有一点儿肥的；身高一米八九；其他方面也不逊色。假如我父母当初是刻意怀上我的话，我一定会让他们觉得特别有面儿。但是，真不走运。

对我而言，新鲜之处还在于在我遇到玛格丽特以前我从没有爱过谁。我这里说的不是性方面的事，而是不以上床为结局的那种情感。是温情，是爱意，还有信任。对，仅此而已。鉴于以前从未有人直截了当地对我说过这些话，我至今都还无法轻巧地将这些字眼儿挂在嘴边。玛格丽特是对我谈及这些的第一人。那是一种得体而又纯粹的情感。

我必须强调这一点，因为我认识一些家伙，他们愚蠢得一塌糊涂，会对我说："日耳曼，你连老奶奶也勾搭？老年人你也要睡？"

对那些货色，我会毫不犹豫地给他们几个耳光。

很遗憾，我没有早早地与玛格丽特相识，儿时的我只知虚度光阴，蠢事做尽，的确需要有这么一个人来调教我。

可是，对人生，千万不要后悔不已——过去的，就让它过去吧。

我一个人长大，那又如何呢？即使成长经历并非中规中矩，却也说得过去。

不过，玛格丽特却在日益蜷缩，她步履蹒跚、腰背佝偻。如果想要她多陪伴我一些时日的话，我得对她照料有加才行。别看她装得若无其事，其实她非常脆弱。她身子骨儿跟麻雀似的，我用两个指头就能捏碎，不费吹灰之力。我不过是说说而已，我当然不会真的那么做。捏碎自己祖母的骨头，心理扭曲的人才做得到！我这么说，只是想告诉大家她多么脆弱。她让我想起格朗让文具店里陈列的玻璃丝小动物。尤其是橱窗里摆放的那只母鹿。那是一只迷你小鹿，四个蹄子都纤细得很，纤细得很！还不如根眼睫毛粗。玛格丽特就是这么纤弱。路过橱窗时，我很想把小鹿买下来。三欧元又算得上什么呢？可是我清楚，把鹿放在兜儿里，分分钟就会折碎。而且，买回来放在哪儿呢？我家中没有那么多收纳柜来摆放饰物——我的篷车斗棚空间狭仄。

起初，我也没有多余的位置留给玛格丽特——我是说内心的位置。在开始对她有所牵挂时，我才发现应该腾出一些空间，为了她，为了我的情感，也理应腾出一些空间。因为爱上她令我始料未及，而这爱到来时是要额外挤占一些空间的——需要挤掉那些早已在我脑海充斥的林林总总的杂事。于是，我做了一次大扫除。我发现其实没有什么是不舍得抛弃的。占据我内心的无非是一堆傻乎乎的杂乱无序而已。平时我不过是看看电视娱乐节目，听听广播上的段子，或者在弗朗席娜餐馆和乔乔·泽库克聊天。又或者同马可、于连和朗德洛蒙打 5000 点[①]。晚上我还会去找阿妮特说情话，做点男女间该做的事情：不过，这倒有助于大脑的放松，因为精虫上脑时，我们是不用思考的，至少不需要深入认真地思考。

说到阿妮特，我随后还会谈起她。她和我，我们之间的情形已不同往日。

二

第一次见到玛格丽特，她就坐在那边的那张长椅上。头顶上是那棵巨大的椴树，身旁是这泓池水。那时约莫午后三点钟，阳光明媚，相对于当时的季节而言，天气过于和煦了些。这对树木来说并不是什么好事：树枝会可劲儿地发芽，要是来一场冰冻的话，将会使得花朵凋落，果实稀疏。

她的穿着就跟平常一样。当然，在这一天，我不可能知道她的穿着一直如此。别人的行为，只有在我们认识他们后，

---

① 一种纸牌游戏。——译注（除非特殊说明，均为译注）

才能够知晓。头一次见面，我们是无法逆料日后会发生什么的。我们不会知道以后会否彼此相爱，甚至不会知道以后还能否记得这第一次相遇。我们自然也不会知道日后会否彼此恶语相向、拳脚相加，或者和那人成为哥们儿。总之，这些能否、或否、也许，都是我们第一天相遇时无法预知的。

那些个"也许"，是的，正是那些个"也许"，那才是最糟糕的。

玛格丽特坐在那里，坐在花园主路的尽头，对着眼前的草坪无所事事、目光放空。她穿着一件印花裙子，上面印着和她头发色泽相仿的灰紫色花朵，灰色的马甲系得严严实实，腿上是丝袜，脚上是一双灰色的皮鞋，旁边放着一个灰色的手提包。

我心想她可真不小心，包就这么放着，我想怎么偷就怎么偷。我说的是想怎么偷就怎么偷，当然不是指我会偷，我是说别人。总之，是指那些小混混。尤其一个小老太太，跑起来很容易被甩掉。你用手一推，只需一下就够了：她跌倒时连发出的叫声都很微弱，绝对会摔成股骨胫骨骨折，然后跟死人似的躺在地上一动不动，而你——当然不是指您和我，而是那些小混混——就可以不慌不忙地溜之大吉了，说时迟那时快，你已经走远了。别问我这都是从哪儿听来的。反正，她也太不谨慎了。

与她相识的这个星期一，我原本是不会到公园来的。我本该非常忙碌，没有一刻的闲工夫。想不到吧？有些日子，我也并非无所事事。例如，在外环路那里，我手头还有些新栽的松树要测量树干，为的是别让路两侧的树木遭到毁坏。(我敢说一半的松树都将无法存活。但也只是因为这个，才让我去测量的。另外，松树死了一点儿也不奇怪，瞧市政那帮绿地规划人员的做事方式就知道了。)我还得在我的篷车斗棚前练习耐力跑和用气枪射击啤酒罐，目的是保持肺活量和反应敏捷度，将来逃脱恐怖袭击或者对别人施救时都用得上，这都是要未雨绸缪的。还有一堆别的事要做，别的完全不同的事。例如用我的欧皮耐尔刀雕刻木块儿。我会雕刻动物和人物——在街上看到的人、猫、狗，看到什么雕刻什么。

如果没事可做，我会去公园里数鸽子。

在去公园的途中，我会在烈士纪念碑士兵脚下的大理石牌子上用大写字母写下我的名字。当然，每次都会有市政府的人想要清洗我的字迹并冲我吼道："日耳曼，收一收你的恶作剧吧，真是够了，下次你来清理。"

可我用的是永久性——即无法擦去的，参见"不可擦拭"一词——毡头笔，我可是花了大价钱买来的。如此一来，我会到文具店控诉他们是在耍我呢。买笔时，可是标着"适用于一切平面"的，简直是骗人。就我所知，大理石也是一种平面——言辞讲究的玛格丽特也会这么说的。

无论如何，只要发现我的名字被擦掉，就重新写。没什么要紧的，我有的是耐心。也许久而久之，我的名字会留在那里。

而且，我不知道我在上面写下我的名字能妨碍谁，我可是写在最底下的。我这还没按照姓氏的字母顺序排列呢，如果是按照字母顺序，"查泽"这名字也不应该排在末尾。恰恰相反，在烈士人名表里，我可以排第五位。

排在皮埃尔·波瓦维尔特和厄内斯特·丛布洛之间。

一天，我曾和市政厅的秘书雅克·德瓦勒谈及此事。他也点点头回答说，理是这么个理，人名表实际上就是给人在上面写名字用的。

"只不过，"他补充说，"只不过，不要忽略了一点……"

"是吗，哪一点呢？"我随口应道。

"那就是，你如果仔细看一看的话，在烈士纪念碑下方刻的名字，它们的主人之间有个共同点，那就是他们都已经死了。"

"是吗？"我回答道，"是吗？是这样啊！要想名列其中，得是已经过世的人，是吗？"

"确实有点儿这个意思。"他回答说。

他摆出一副高人一等的姿态也无济于事，我对他说，等我死了，他们必须也得把我的名字刻上去，刻在那个该死的人名表上。

"以什么名义？"

"我要在公证人那里立一份文件。我会要求他把我的要求写在遗嘱里。一个死人的遗愿总得尊重吧。"

"未必，日耳曼，未必。"

不管怎么样，我知道我在说什么。在回家的路上，我进行了一番思考：我想让人在我死后（上帝想让我什么时候死，我就什么时候死）把我的名字写上去。写在第五名那个位置

上。从上往下数，第五名，这是我的名字应有的位置，别想
骗我。至于市政厅那帮蠢货怎么替我办到，那是他们的事。
遗嘱就是遗嘱，没有讨价还价的余地。是的，我心里思忖道，
这份文件我一定会立。而且，我会要求德瓦勒亲自刻我的名
字，纯粹是为了恶心他。我会去找公证人奥利弗尔一起聊聊
这件事。他是公证人，应该知道怎么办理吧？

　　但是，那个星期一——就是我遇到玛格丽特的那个星期
一——我想的不是烈士纪念碑，我有别的计划。我打算去买
些种子，然后在返回的路上去公园里数鸽子。数鸽子看似容易，
实则复杂：即使轻轻靠近，数的时候还要一动不动，什么都
不能做，可它们还是会乱飞，会受到惊吓。鸽子也有点儿讨厌。

　　要是这样继续下去，只有天鹅还可以让我数一数了。首
先，天鹅不怎么乱跑；其次，只有三只，数起来也容易。

　　话说玛格丽特那一天正对着草坪，坐在椴树下的长椅上。
当我看到那里坐着个小老太太，她只要朝鸽子扔几块面包就
会把它们引来时，我泄了气，心想这一天又要泡汤了。我的
数鸽子大业大可以等明天再说了。或者看上帝觉得哪天合适，
就随意安排在哪天吧。

数鸽子需要平心静气，假如有人过来打扰，还不如趁早放弃的好。这些鸟儿连人们看它们一眼都会敏锐地有所察觉，到了令人难以置信的地步。甚至可以说，它们非常高冷。一旦有人对它们产生兴趣，它们就会鼓起嗉子跳开，并四散飞走。

高冷，但也不尽然。有时是我们搞错了。对人、对上帝、对老妇人、对鸽子，我们都容易产生误会。

麻雀就没有对她扭捏造作。它们就乖乖地聚集在一起。她并未向它们边扔饼干边用颤巍的声音冲它们啾啾啾地喊。

她没有像我数鸽子时路人看我那样用眼角瞥我。

她纹丝不动。但是就在我经过时，她说道："十九只。"

我就在几米远的地方，因此听得真切。我问道："您是和我讲话吗？"

"我是跟您说有十九只。那只小的，翅膀尾端有根黑色羽毛，您看得见吧？它啊，是只新来的，想不到吧。星期六才来的。"

我感觉有些不可思议。我和她数的数目一样。

我问道："您也在数鸽子啊？"

她把手搭在耳朵上，问道："您说什么？"

我大声喊道："您——也——在——数——鸽子？"

"当然了，小伙子。光大声喊没用，懂了吗？轻声跟我讲话，口齿清楚就行了。当然了，如果不会给您带来不便的话，要是足够大声那就更好了。"

称我小伙子，这让我觉得好笑。尽管仔细想想也没那么离谱儿。觉得我年轻还是年老，那得看情形。要看这话由谁来说。很正常，一切都是相对的——说一个人如何如何，都是要以他人作参照物的。

对于一个那么老的人来说，我算是年轻，这是肯定的。况且，这也不过是相对而言。

在她身旁坐下时，我发现她真是一位弱小的老奶奶。有个表达方式叫"跟三个苹果一样高"，我们有时这么说，却不会去多想。但是，用来形容玛格丽特真是丝毫都不夸张。她坐在那里，双脚都碰不到地面，而我则需要将双腿使劲儿往前伸才不觉得局促。

我礼貌地问她："您经常来这里？"

她微笑道："只要上帝赏赐我一天，我就来一天。"

"您是嬷嬷？"我问道。

"您是想说'修女'吧？天哪，并不是。是什么让您觉得我是修女？"

"我也不知道。您提到了上帝，所以……我就这么认为了。"

我觉得自己有些蠢。可"嬷嬷"也不算什么骂人的话。反正，至少对于这么老的一个妇人来说，不算是吧。总之，她看上去也没有被冒犯的样子。

我评论道："有意思的是，我从没见过您。"

"我习惯来得稍早一些。但是，恕我冒昧，对我来说，早就见过您几次了。"

我回答了一句："是啊！"

我不知道除此之外还有什么好回答的。

她又说道："这么说来，您喜欢鸽子了。"

"对。我尤其喜欢数鸽子。"

"对！这倒是！……的确是件有趣的事！让人总想来公园……"

她说话的风格很复杂，就像所有有教养的人那样，很弯弯绕。但是和年轻人相比，老年人总归是更加圆滑有礼的。

很奇怪，在写下这句话时，我想到的是河里的鹅卵石，它们之所以非常圆滑，正是由于它们也很苍老。有时，同样的字眼可以用来描述不同的事物。可是，仔细想来，这些不同的事物归根结底是一样的。

我知道自己想说什么。

为了证明我一点儿也不是个蠢货，我对她说："那只黑羽毛的小鸽子，我也早注意到了。我还给它取名'黑羽毛'呢。您发现了吗，其他鸽子有点儿不让它靠近了吃东西。"

"的确。您还给它们取名字？"

她看上去对此饶有兴致。

无论你们相信与否，我由此体验到了引人注意是什么感觉。要是有人还没有过类似体验的话，我可以告诉他：那非常好玩儿。当然了，有时候，我跟人说起有些事时，他们会觉得不可思议："不，不可能，你开玩笑吧，见鬼，太离谱了。"不过，我说的都不是我个人方面特别隐私的事。例如，夜里有辆汽车在斜坡的转弯处冲向了路边并造成一死三伤（我就住在对面，每次总是我打电话给救援人员，甚至有一次我还帮救援人员把一个碎成了几块儿的家伙装进袋子里,说实话,那是件很恶心的活儿)。我还跟哥儿几个说过工厂的人打算把高速公路给堵了的事——我之所以得到消息,是因为阿妮特就在工厂仓库上班。总之,就是类似的事件吧。全是些时事新闻。如果要我靠自己的一些私事来引人注意,妈的,我会像个少年似的觉得难以启齿。可以说,有一次我还差点儿因此哭了出来。而要是说有什么让我觉得尴尬的话,那就是哭鼻子这种事了。所幸我极少哭,除了脚被砸到那天,都怪我和朗德洛蒙替他妹妹搬家时,他由于手上有汗,松开了柜子。换成任何人都一样会哭的。虽说砸得并不严重,但是的确是把人痛成了狗。我跟你们说,我是真的流下了泪水,就跟我在定向运动跨区赛中险胜希瑞尔·龚提埃夺得第一名那次一样。说到希瑞尔,他是个名副其实的蠢货,是我上小学时的噩梦,我自然用不着他再给我添堵。又或者就跟我爱上阿妮特那天夜里一样,说来也怪,毕竟那时我们也早已在一起睡了三个多月了。可是,那一夜,和她云雨之欢是如此美好,让我流下了泪水。

所有这一切是想说——不知道你们怎么想,反正对我来说，哭泣让我觉得丢人。我哭起来，鼻涕比个两岁的孩子还要多，眼泪就像泉水一样直冒，哭声就跟杀猪似的。而一般而言，人们都觉得行为要和我的体型相匹配才对。对于女士而言，倒没什么，甚至多愁善感还能为她们加分。对我来说，则大毁形象。

这个小老太太，没有刻意做什么，就使我深受打动。也不知为什么，也许是她问我"您还给它们取名字"时那副和蔼可亲的口吻吧。也许只是由于她看上去很温和。也许还因为前一天晚上为了庆祝乔乔·泽库克的四十岁生日，我们喝多了，而且我睡了不到四个小时。但是，我前面已经跟你们交代过，我们是无法历数所有也许的。

总之，我回答她道：

"对，我给它们每一只都取了一个名字。这样数起来也容易。"

她扬起了眉毛：

"真有您的！原谅我多嘴，我承认这让我觉得好奇：您是怎么做到每一只都能认得出的？"

"这个……您知道，这就像小孩儿一样……您有孩子吗？"

"没有。您呢？"

"也没有。"

她微笑着点了点头。

"这样看来，您举的例子倒是恰到好处……"

我不知道她想说什么，但是她看上去还想知道些什么，于是我继续道：

"其实，它们每一只都不一样……要是不留意，是不会发现的。但如果认真观察，就会发现，没有两只是雷同的。它们有各自的习性，各自的飞翔方式。所以我说它们就跟小孩儿一样。要是您曾有过孩子的话，我相信您也不会把孩子们混了……"

她低声笑着说："嗨，要是真有十九个，那可要另当别论！……"

这也让我笑出声来。

我和女人们常常是不苟言笑的。反正，我跟老女人们很少大笑。

很奇怪，我觉得我们俩成了朋友。不过，也不完全是，是一种近乎朋友的关系吧。自那以后，我认识了一个我当时并未想起的词语：默契。

三

词语是收纳思想的盒子，有了它，我们就可以更好地向他人表达和兜售我们的思想。例如，在气急败坏、看到什么活物儿都想给它几拳时，我们当然可以只是摆出一副臭脸。但这样一来，有人会以为我们病了或者遇上什么倒霉事了。假如我们用"烦死了，现在不是时候"这样的言语表达出来，就会避免误会。

再譬如说，你被一个女孩儿迷得神魂颠倒，上帝赐予的每一天，你都用来对她朝思暮想。在这个时候，你想的全是如何让下半身得逞，如果你对她说出"我爱你爱得都要疯掉了"这种话，也许会对达到那方面的目的有所帮助。

不过，重要的并非外在的形式，而是内容。

漂亮的礼盒里装大便的情况也是有的，蹩脚的包装里也有可能装着真金白银。所以，我对漂亮话向来将信将疑，你们明白吗？

仔细想来，我没有掌握成吨的漂亮话，自然并不是什么坏事。这让我省去了选择的麻烦，我只说我会说的，故而不会张冠李戴。另外，我的想法确实也没那么繁多。

但是，掌握应有的词汇，还是有助于我们表达思维的——我觉得，这一点，我是在认识玛格丽特后才意识到的。

"默契"便是那天我要寻找的字眼儿。即便是我当时认识这个词，也不会改变什么，我是说对我的情感而言。

那个星期一，我向玛格丽特历数了所有鸽子的名字。反正，我把在场鸽子的名字都告诉了她。平时前来觅食的鸽子一共有二十六只。我说的只是常客，还没说那些路过的麻雀，它们往往是紧急降落，就像没教养的家伙一样朝面包屑直扑而来，当然也会饱尝其他鸟儿的攻击。我是这样开始介绍的：

"这是小雀雀。旁边那只叫小犟种……接下来是苍蝇，小扒手，丫头……那边那只叫凡尔登，那只栗色小个儿的是橙橙……再那边是槟榔……公主……玛格丽特……”

"和我重名！"她说道。

"什么？"

"我的名字也是玛格丽特……"

这让我觉得有趣，一边是一个玛格丽特在同我讲话，另一边还有一个玛格丽特从头到尾一身羽毛，正在我脚边啄食一块儿苹果核。

我心想，真是巧合！

此时距我知道"巧合"一词的含义还没过多久。朗德洛蒙每次走进弗朗席娜餐馆，看到我正在柜台那里跟乔乔·泽库克喝上一杯时，都会拍着我的肩膀说：

"瞧！日耳曼又在了！真是巧合！"

我当初还以为这是一种类似"你好，很高兴见到你"这样的问候语呢。其实不然，说"巧合"的意思不过是拿我当成酒鬼罢了，觉得我一天到晚黏在吧台上，就像贝壳长在礁石上一样。是乔乔在一天早上对我解释了"巧合"的真实含义。他说：

"这么说来，咱们的朋友朗德洛蒙真把咱俩当成酒鬼了！"

我问他为什么这么说，他告诉了我真相。

朗德洛蒙，他算哪门子朋友。头一个星期，他还拿你当哥们儿，和你打酷玩什①纸牌。可要是遇上星期六，遇上节日，就能结结实实朝你腮帮子来一拳。多喝一杯，他都会失控。

马可谈及朗德洛蒙时，管他叫墙头草。乔乔说他这人心绪不宁。弗朗席娜则说他是水中月。以前我还以为是说他"和水中月一样不实在"，我是赞同的。但是，现在我也很赞同对他使用另一组形容词："个性多变，令人无所适从"。参见："嬗变""怪诞""水性杨花"等词条。

可是，在认识玛格丽特之前，我也是跟着他朗德洛蒙学到了最多的东西。朗德洛蒙读书很多，他家里全是书，茅厕里都有书，且不仅仅只有杂志。

他完全可以向雅克·德瓦勒炫耀他的书。没准还可以向市长炫耀炫耀呢，谁说不行呢？

_____

① 一种纸牌名称。

四

朗德洛蒙是个神情紧张、胳膊纤瘦的小个子男人，他的额头上没毛，胳膊上倒是体毛浓密；浓密，可颜色却是半黄不白的。

他那可怜的老婆因为卵巢癌走了，实在是不幸⋯⋯从那以后，他就开始跟自己的肝儿作对，但都是偷偷喝，假得很呢。跟我们在一起的时候，他顶多喝一杯啤酒，或者一小杯白酒，要么就是一杯莫莱斯库鸡尾酒或三两杯黄酒，而喝酒为的是聊天儿。

他有时还会发出诸如"瞧，多么巧合"之类的声音。

但是，自从马可的车子出故障那次，大家就知道他是怎么回事了。

一天晚上，马可被他的姐姐和姐夫喊去吃饭。在临出门时，他的奔驰车却把他晾在了旱地上。他去敲朗德洛蒙的门，敲了十分钟，朗德洛蒙才开门。他之所以一直敲门，是因为看见里面亮着灯，听到电视也开着。两人是邻居，所以他知道朗德洛蒙在家。

我写这些是想说，最后朗德洛蒙总算给他开了门。

马可第二天跟我们讲了事情的来龙去脉。

"妈的，哥儿几个，我觉得昨天晚上真是撞鬼了！朗德洛蒙喝醉了。我告诉他，得帮帮我，我急需用车，可是打不着火。可能是连杆、汽缸垫片或者什么的坏了，反正我是什么都不懂。你们知道他是怎么回答我的吗？"

我们说当然猜不上来。

我们是真的猜不上来。

"他跟我说：'别来烦我，找汽修工去。'"

听到这里，大家都摇摇头，因为朗德洛蒙是本地唯一的汽修工。

马可补充说，他从没见哪个家伙会醉成这副模样，从来都没见过。"比如说我，也喝多过，你们也都见过我喝多是什么模样，嗯？"

大家连忙说："那是那是。"

"别急，还没完呢！他醉成那副鬼样儿，还若无其事地对我说：'马可，对不住了，我得去撒尿。'我回答说：'好，去吧，没问题。'可是他待在那里，替我撑着门，一动不动。你们知道最帅的是什么吗？"

我们问："是什么？"

"他尿在了裤子里！他就站在那里，跟法律条款一样僵硬，一边若有所思，一边往裤子里撒尿，妈的！……"

我们一阵："哇哦。"

米歇尔问："那你是怎么做的？"

"你觉得我还能做什么呢？我说了两声'再见'就回家了。然后打电话给我姐夫，让他来接的我。"

我们问："那你的车是怎么回事呢？"

"不过是线路问题，没别的毛病。"

从那天起，我们知道朗德洛蒙晚上过得并不愉快。

五

我跟玛格丽特介绍鸽子的名字时，起先并未想到这些轶事，我想到的是"巧合"一词，是"巧合"一词让我想起了朗德洛蒙看我跟乔乔喝酒时对我的品头论足。我当然又不禁回忆起乔乔以及前一天夜里大家给乔乔庆生的情景（事实上，一直到了凌晨五点才结束）。一夜未眠，足可以解释我为何容易动感情而且还偏头痛。要是没有睡足八小时，我整天都会不舒服。

正在此时，这位小老太太对我说：

"您看上去有心事呢！……"

就像我们是一对密友似的，我对她解释道：

"这倒没有！……只是有些累。昨晚给我的朋友乔乔·泽库克过四十岁生日去了。"

这时，她问道："噢，您有位厨师朋友啊？"

这番话让我吃了一惊。

"您认识乔乔？"

"不认识，我可没这个福气！怎么呢？"

"不认识他，您怎么知道他是厨师呢？"

"这简单……我想是因为他的姓氏呗！The cook，英语的意思是厨师，没错吧？"

"啊，对！"我说，"当然没错。"

我当然知道，存在巧合的情形也是有的。但是，她的提示仍然让我觉得不可思议。

我小时候，费里广场上有个卖肉的，就姓"杜庖"。还有个在市政厅对面开店的木匠，他的姓就是"拉铺廊舍①"。可是，我从来没想过乔乔的姓也预示着他的职业，而且还是英语。

我同玛格丽特道别。看她还算热情，我又补充道："玛格丽特是个漂亮名字。"

"反正，母鸽子叫这个名字还不错！……"她微笑着回答我说。

我笑起来。她又问道："您呢？恕我冒昧，您叫什么名字？"

"我叫日耳曼·查泽……"

"那么，幸会，查泽先生，幸会。"她说这番话时，就好像我是市长还是什么人似的。

_____

① 原文为"Laplanche"，planche 有木板的意思。

她又让我瞧了瞧那些鸟儿，然后说感谢我向她介绍我庞大的家族！

我心想，她可真是个有趣的老太太。

就这样，我离开了她。

六

从公园离开后，因为英语"厨师"这件事一直萦绕在我脑海，我径直去了弗朗席娜餐馆。每个星期一，乔乔·泽库克都会比平时早到一会儿。在那里，我就跟在自己家一样，可以随意进出后厨。

我恰好撞见他在择菜。

我若无其事地跟他玩笑说："嘿！你知道吗，你干这工作正合适，你也姓这个。"

他看上去很不解，问我为什么这么说。我不想嘲讽他，所以不打算在这件事上大肆渲染。但我还是回答他说，有这么一个姓，又在餐馆工作，挺有意思的，不是吗？

"什么？我的姓？……'焙饹齐埃'？……对不起，我看不出什么联系。"

"你跟我扯什么'焙饹齐埃'？"我回答道，"我不是跟你说'焙饹齐埃'，我说的是'泽库克'。'泽库克'，是英语，你不知道？"

"啊，对对。好了，懂了，是在找乐呢，好你个日耳曼！"他大笑着说道。

我意识到他有什么事瞒着我。

没能弄清事情的究竟，让我觉得不快。我常常觉得人们在我头顶上瞒着我讲话（我之所以这么说，是因为我的身高！）。有时候，人们说的话我全懂。有时候则只听得懂一部分。其实，大多数情况下，我并不明白别人在说什么。

小时候，母亲管我叫快乐的白痴。可是，那并不准确，因为我并不快乐。说我白痴，我同意。可是说我快乐，我却完全无法苟同。

朗德洛蒙告诉我，我能知道自己笨，这说明我还足够聪明，要命的是，我的不幸也正来源于此。尽管在仔细想过之后，我发现这并不是什么奉承的话，但觉得他说得毕竟没错。反正，每次我都能意识得到自己有些事情弄不明白。

阿妮特说她也一样，但仅限于算术和数学方面。

母亲也管我叫弱智或呆瓜，等我开始长身体时又开始称我大傻子。

我的朋友于连说得对，她不是当妈的那块料。

于连是我上小学时最好的哥们儿。他常常送我回家，然后我们就在我家一起玩耍。在彻底从老妈那里搬走前，我就常常丢下她，让她靠翻看相册和裁剪照片打发时间。

于连来家中时，一眼就看得出，她不是当妈的那块料……可话说回来，我到底是什么都没缺过，至少没缺过吃的和整洁的起居环境。可是她给你盛肉羹时却总是怪怪的，好好一个盘子，一下子被弄得跟乡下土碗似的。而且，光靠抽耳刮子对我是丝毫起不到思想教育作用的。对谁都不起作用。思想这东西，你要么有，要么没有。抽耳刮子，唯一的作用就是能把人打疼了。

在这场关系中，最让人痛苦的地方在于你即使高出她两头，也不能还手，虽然你能一拳就让她闭嘴，虽然你能把她摔到墙角把她给撞折了。

总之，要说母亲身上有什么让我无可指摘的地方，那就是她从不掩饰。绝对是从不掩饰。她对我有什么想法，从来都是直来直去的。可是，我到头来都还是不习惯她这一套。

七

直到朗德洛蒙走进餐馆的大堂，我都没弄明白是怎么回事。我冲他吹了一声口哨，让他过来找我们。我对他说："你就说你信不信吧？乔乔那个姓，还真适合当厨师。"

朗德洛蒙不解地看着我，然后突然说："嗯！'焙烙齐埃'的意思是烤面包，你是想说这个吧？"

"焙烙齐埃"应该是随他母亲姓，而"泽库克"应该是随他父亲姓。"泽库克"，尽管是所谓的英语，但听上去更像阿拉伯语，所以他也许不想让所有人都知道他这个姓吧。可是弗朗席娜一点儿都不种族歧视，在这一点上，尤赛夫[①]

---

① 尤赛夫，是阿拉伯语名字。

最有发言权了。

我回答朗德洛蒙说："不是，我说的不是'焙铬齐埃'，你看，焙铬齐埃已经够有意思的了。但是，'泽库克'的英语意思，你要是不懂英语的话，我告诉你啊，是'厨师'。"

我不是一星半点儿地为此感到骄傲。

朗德洛蒙一阵大笑。他拍了拍我的肩膀，说道："妈的，你啊，脑子真是蒙了猪油。没什么好说的，你就是个自闭儿，冥顽不灵。你脑子空空的，而且会一直这样。"

"别这么说！"乔乔说道。

朗德洛蒙笑得猛烈，眼睛里都噙满了泪水。

乔乔咳嗽着清了清嗓子。我能感到他有些尴尬。他摆出一副人们跟小孩儿讲解一些事情时特有的神态。每当有人跟我这样讲话，都让我极其恼火，你们是无法想象的。

"日耳曼，我的确是姓焙铬齐埃。全名是乔尔·焙铬齐埃。大家管我叫'The Cook'，正因为我是厨师……那不过是个绰号，你明白吗？"

"嗯，没错。"我说，"没错。这个我早就知道。你以为呢？"

他冲我眨眨眼。

"我知道你早就知道。我是解释给朗德洛蒙听的。"

"这不就得了。"朗德洛蒙在旁边说道。

我们接着聊起了别的事情。

可是，即使我不表现出来，也如鲠在喉。

借用一句马可时不时挂在嘴边的话："人生的电视机，看来看去，要是缺了解码器，久而久之就会让人觉得厌烦。"

假如聪明仅仅是个意愿问题的话，那我当之无愧可以称自己是个天才。因为，努力，我也付出过了，我真的付出过了！可结果呢，却不亚于用汤匙挖战壕。而别人用的都是挖掘机，只有我在那里跟个傻鸟似的……这么说没毛病。

八

晚上，我没同他们待到最后。于连将近十点钟露面时问是不是得扳回昨天那局，我回答说算了，还得去购物呢。

"晚上十点购物？你确定不是送货上门？"朗德洛蒙隔着裤子大方地搔了搔蛋，对我说道，"要是去我以为的那家商店的话，别担心，整晚都替你开着门呢！你是去找阿妮特亲热吧，嗯？……"

"滚吧！"我回道。

他又咯咯笑着逗起聪明来，说我是对的，妞儿就像酒瓶，见不到她们的"底儿"绝不能罢休。

他有时就是这么低俗。

我反驳说："反正你对酒瓶了如指掌。"

这时，乔乔在厨房里吹了一声口哨说："吼，吼吼！日耳曼，你赢得一分。而且这一分赢得够漂亮。"

马可也转身对朗德洛蒙说："这下子老实了吧！"

朗德洛蒙在一旁耸耸肩，但是看得出他很是恼火，这也正是我乐见的。

弗朗席娜正在擦吧台，她笑了，说道："你们以为呢？日耳曼是你们四个人里最精的。而且，他又最老实！嗯？日耳曼，你才不在乎有人嫉妒你，是不是？"

我回答说不在乎，并且亲了亲她。弗朗席娜总是维护我，我感觉得到，她很喜欢我。我认为甚至比喜欢还要多一些。但是，万一是我自作多情呢，所以我不会去贸然亲自验证。

何况尤赛夫是个好人，即使可以，我也不想让他喜当爹，这是个道德问题。

而且，从个人口味看，我觉得她太老了。

我当然是去了阿妮特家。不只是为了做那些事。阿妮特，她能让我心绪宁静。也就是说，我们见面时从来不会觉得无事可做。

我们的第一次，我还记得，是五月一日，庆祝活动结束后。我们两个都刚刚跳完舞，天空中电闪雷鸣，下起倾盆大雨。狂风大作中，温度也骤然下降。阿妮特的车停在了广场旁，她提议载我们回家。这种天气，既然有顺风车可搭，自然不能错过。更何况，马可醉得跟头驴似的，搭顺风车回去更加稳妥。

我们过了村口先让马可和朗德洛蒙下车，然后折回，又把于连和他的女朋友莱提西亚放下，现在莱提西亚当然早已不是他的女朋友。可他现在找席琳娜当女朋友一点儿也不亏。他那位前任无论如何都算得上"婊"了。可以说，他也算是及时止损了。

最后，我们来到我家门口。阿妮特问我："这种天气，你的篷车斗棚从不进水？"

"从不进水。可是，我今天夜里一定得剥一些蒲草才行。我的暖气片坏了，没想起来再买一个。你说五月份谁会想起要买暖气片呢！……"

"你想到我家睡吗？"她问道。

她问我时，手放在了我的大腿上，而且跳慢舞时已经蹭得我浑身燥热，我接受了邀请。换作你们，又能怎样呢？

我以前从没去过阿妮特家，我觉得装修得很漂亮，但我不是来看房子的。阿妮特冲了两杯咖啡，然后在我旁边坐下。我正在想着怎样得手，她倒是主动起来。我甚至没有为此感到吃惊。不过，主动跳上来问候我的女人，我不是特别喜欢。我觉得那么做显得不太女人。可是话说回来，也得承认，那样让我省了不少事。而且，那也只是我当时的想法。我当时还是个新手而已。从那以后，又经历了一些历练，我的三观也发生了改变，包括在性方面。头在上，蛋在下，我现在不再把这两个层面的事混为一谈。

阿妮特不高，看上去细皮嫩肉的，不像是个三十六岁的女人。我傻乎乎的，怕伤到她。必须承认我块儿头很大。我担心上去时会不会把她闷死，她下面会不会盛得下我，会不会撕裂，我不知道。说到底，这都是些傻乎乎的念头，但总会让人分心——想太多会影响性能。

有些时候，最好自然一些。

阿妮特长得标致异常。你们别不信，真是腰细不盈把，胸如球，圆而挺，可以攥个满拳，又弹性十足。而且相对于她的个头而言，双腿很是修长，臀部就跟白菜一样紧实。她脸庞消瘦，眼袋大，目光里充满苦涩，也许并不漂亮，可是有味道。朗德洛蒙说，她可以凭借屁股日进斗金，但是那张脸会让她挣多少赔多少。他最没有发言权，他的死鬼老婆就跟头硕大的母马似的一直挡在他面前呢。愿她的灵魂得到安息，愿上帝将她留在身边，她毕竟是个"好娘们儿"。

唠叨所有这些的目的是想说，那天晚上阿妮特主动诱惑我，而我既没将她闷死，也没将她压扁，没有做出任何容易造成事故的举动。我上去时，感觉她如棉团，如丝绸，又如羽毛，暖和而温柔，周围又整整齐齐的，我真想在那里度过余生。随后，我们又做了一次。她对我目不转睛，很会对我撒娇，急切地想要讨好我。她说想要我很久了。一个女子说出这话很有意思，尤其她说这话时眼睛湿润，声音里充满了幽怨和柔情，而她的手还在轻轻地爱抚你。

叫人局促不安，但又很享受。

九

在认识阿妮特前，我从没和女人真正交往过。女孩儿们，我要么把她们当哥们儿，不会去碰；要么把她们当备胎，完全不会上心。我不以此为傲，但也不觉得是件丢人的事，事情怎么样就是怎么样，仅此而已。以前的那个日耳曼已成为过去，早已成为过去。

现在，我变了。自从遇到玛格丽特后，我就开始培养智商。我开始就人生提出问题，然后试着思考并毫不掩饰地回答这些问题。我开始思考生活。思考我出生时带来了什么，而后来我自己又赢得了什么。

在我学会的词汇中，我记住了两个很特别的术语："与生俱来"与"后天获得"。

要是让我不查字典就下定义，我也许做不到，可是我知道这两个词的大概意思是什么。"与生俱来"就是"人一出生就带来"的，很容易记，因为听上去很相近。"后天获得"就是我们一生都要靠努力打拼来收获的，就是我们要四处向别人讨来的。可是向谁呢？

例如感情就不是与生俱来的，绝不是。吃喝是与生俱来的，是人的本能。你不吃喝，就死了。但是感情，你可以把它当成锦上添花，甚至没有感情也能生活。我是知道的，你可以跟个蠢货一样，活得很没质感，几乎跟畜生一样没有自我意识，可是你却能活很久、很久。我不想总是拿自己举例子，但是在情感方面，我从一开始就没得到过什么。

在——我观察到的——正常家庭中长大的孩子，有时会哭，会闹，可总归会有温暖的时刻，大人会一边拨弄着你的头发，一边说："妈的，跟他爸长得一模一样。"话故意说得气急败坏，可那也不过是为了开玩笑而已，因为他知道你是谁的种，并为此感到自豪。我发现马可说起他的女儿，或者于连说起他的两个儿子时，就是如此。

我是个没有来路的人，这是我的问题。当然，我也是从两个蛋里蹦出来的，并没有什么别的路数。我也跟尘世间所有人一样，是从女人的小穴里钻出来的。只是我刚一出生，所有的好事就结束了，所以，我说感情是后天获得的，需要学习。我花的时间比别人多，是因为最初没人给我做过示范。我都是靠自己一个人摸索的。说话也是一样，我主要是在工地上和酒馆里学的说话，所以我词不达意——会用脏话来污染我要描述的事情，我甚至有时会语无伦次，不会像有文化的人那样甲、乙、丙、丁地逐条进行罗列。

朗德洛蒙、德瓦勒，或者是在中学当老师的市长，你会发现他们说话时就像牢牢抓住了一个思想的一端似的。他们只需要像转动滚筒一样转动思想，并且跟着转动的方向别松开，直至到达另一端就行了——这叫别丢了思绪。任凭你怎么打岔，想打断他们，跟他们说"别人跟我说"……，或者"看上去"……，他们都不会偏离思路。

而我则会晕头转向。我说一件事，会扯到另一件事，再到另一件事，再说到别的事上，等说完时，我自己都不知道在跟你说什么。要是有人打断我，那更会把我绕进去，最后一定会变成一团乱麻。

受过教育的人则不然，他们发现自己的谈话漫无边际时，会面色苍白，把食指横在嘴边，紧皱眉头。他们会说："啊！天哪！瞧我说到哪里了！我在跟您说什么呢！"

而周围的人也会神色忧虑，屏住呼吸，好像事情很严重似的……

他们和我之间的区别是，我要是漫无边际地乱侃，根本没人在乎。

不在乎的人也包括我，我是第一个觉得无所谓的人。

十

从前，我几乎是个文盲——是个既不识字也不会写字的人，参见"无知"一词——却也不觉得丢人。识字是后天掌握的技能，不需要主动努力就能掌握：小时候，你被送到学校，强行给你填鸭式地往脑子里塞单词。

有些人能够教学得法，他们有技巧，又有耐心之类的。

他们悄无声息地填充你的记忆区，直到它饱和得跟个鸡蛋似的。可有些人的态度就不一样了，你要么吸收，要么去死！他们只顾往你脑子里塞，从来不管塞进去的去了哪里。结果就是，哪怕最微小的一粒知识都会横在那里，把你噎死。这时你只有一个想法，那就是赶紧吐出来，然后决定绝食，这总比被噎得疼痛难忍强。

我的小学老师败乐先生就是个喜欢笨手笨脚搞填鸭的家伙。他常常把我吓得够呛。有些日子，他看我一眼，都会把我吓得尿裤子。单是他叫喊我名字"查泽"时的腔调就够吓人的了！我知道他不喜欢我。他肯定有他的理由。对于老师来说，摊上个笨学生肯定是件伤脑筋的事。我可以理解。于是，为了宣泄，他就天天叫我上黑板。我就得好好背课文。

我背课文时，老师的舔狗们会对我冷嘲热讽，一边相互推搡着胳膊肘，一边掩口而笑。而那些差生看到我还不如他们则会沾沾自喜。败乐先生非但不帮我，相反还会打击我。"真是个一等一的白痴！"他的话历历在耳，不想自来。他的声音就好像吊在我的耳道里似的。

"怎么呢，'渣滓'，忘了句子吗？"

"怎么呢，'渣滓'，基础没打牢吗？"

"我觉得咱们的'渣滓'朋友今天早上牛入泥潭了。"

这让班上的同学哄堂大笑。

他接着说："怎么呢，'渣滓'？我可等着呢！我等着，我们等着，您的同学也都等着呢！"

他把椅子往旁边一拉，正好坐在我对面。他抱着膀子，边看我边摇头。他一言不发，在地上磕打起脚尖，发出嗒嗒嗒的声响……此时的我，只听得到这个响声，然后是对面挂钟的嘀嘀嗒嗒声。有时这种场面就这么一直拖沓下去，连同学们都沉默起来。

除了嘀嘀嗒嗒声和脚底板的嗒嗒嗒声，周遭的一切都变得如此沉寂，我甚至听得到心脏朝脑袋的方向涌动拍打的声音。

最后，他叹一口气，挥挥手，让我回到座位上。他说："可怜的'渣滓'，您显然是少根弦儿。"

所有人都哄堂大笑，这让他们放松了不少。而我则想死的心都有，或者想杀了他，如果我做得到的话。杀了他更好。用鞋帮子朝这个无赖的头上砸去，就像磕死一只浑身污垢的狗娘养的蟑螂似的。晚上，躺在床上时，我会反复回味这份杀人的冲动，这是我唯一的放松时刻。我到底没有变成一个暴力分子——当然了，我也不是什么理智的人——这肯定不能归功于他。有时我想，那些个不正常的人，一定是大家用一些冷言冷语把他们变成了坏人。哪怕是一条狗，你只要无缘无故地对它拳脚相加，就会把它变成一条傻狗。人也一样，只是更加简单，甚至不用对他拳脚相加，只需对他冷嘲热讽就行了。

　　小学时，小伙伴们学的是乘法表和动词变位表，而我学到的则是更有用的东西。那就是，我发现强者喜欢踩在别人脸上擦鞋，拿别人的脸当地垫。学生时代教给我的后天心得为我好好上了一课。这全都拜一个不喜欢孩子的无赖所赐，反正他不喜欢我。或许换个老师，我的日子就会有所改观？谁知道呢！我不是说我因为他变成了一个白痴，我坚信我本来就不怎么聪明。可是不管怎么说，此人对我伤害不小。我不禁会想，换作别的孩子的话，可能早就自杀过两三次了。我这么想，是为了让自己挺住，不至于滑入深渊。不过，很不走运。当时学校里只有两个班，小班和大班。八岁到十岁

（我当时十一岁）的儿童都得摊上败乐。我知道我不是唯一
尝过他羞辱的学生。他用他的恶毒和愚蠢摧毁过几个孩子。
他摆出一副有学问的样子。我们就是一帮一无所知的小孩儿，
想对我们居高临下自然不难。但是，他非但不觉得自豪，非
但不为能够跟我们分享他的知识而感到欣慰，反而去羞辱那
些学习上薄弱的学生，那些差生，那些真正需要他的学生。

我猜愚蠢至此想必也是一种天才。

十一

谁爱怎么说就怎么说，反正对于一名儿童而言，不用去
上学就是幸福。否认这一点的人，他肯定不喜欢孩子，或者
已经不记得自己也曾经当过儿童。

孩子们喜欢做的事就是抓鱼，或者在铁道上用石子儿堆
路障，让货车脱轨——尽管他们知道是白费力气。要么就是
从岸边攀爬桥墩（当然，由于桥面悬挑檐板的存在，这种做
法也不实际），从公墓的围墙上往下跳，在小区的空地上放火，

或者挨家挨户敲门然后急匆匆跑开。有时候，还会骗比自己小的小孩儿吃羊粪蛋儿。就是这类事情，你们知道吧？

儿童都想称王称霸，没有其他的想法。

要不是被逼无奈，要是没有父母在旁边不厌其烦地絮叨说上学很重要，得去上学，儿童才不会去上学呢——反正我是不会去——至少是能不去则不去。

我的母亲在这方面没有那么严苛，要是我带了一身泥巴回家，她会拿笤帚朝我的脑袋打过来，把笤帚打成两段儿也有可能，但是我学不学读书认字，坦白说，她觉得无所谓。我五点钟回家时，她看都不看我一眼，第一句话就是："面包买了吗？"

接下来就是："别把你那些垃圾堆在客厅中间，把你的书包收好。"

这话不用她重复第二遍，我就会赶紧去把书包扔到床腿旁，把要写的作业抛在脑后，去跟小伙伴儿玩耍，或者自己玩儿也行。

长大后我就开始逃学，逃学次数越来越频繁。败乐问我干什么去了，我会拿些不三不四的鬼话搪塞他，例如母亲病了，得由我去买东西，或者祖母死了，再要么就是跑步时崴了脚，疯狗把我咬了所以我被送去看医生了。

我学习看着他的眼睛撒谎。这比想象的要难得多，毕竟我还只是个十岁的孩子，还没有长得特别开阔，我是说我的肩膀。可是，这么做教给了我勇气。在生活中，勇气很重要。

不管怎样，我撒谎逃学令败乐很开心。至少我不会搅得全班不得安宁，他也省了明知道我回答不上问题还一直大吼着让我回答："'渣滓'，重复一遍我刚才说的。"所有这些是想说，整个小学上下来，我抓鱼花的时间比屁股坐在教室里的时间都多。结果就是，后来服兵役时，我被编入了文盲营，这名字里有个"盲"字，足以委婉地概括社会对我的看法。

在我刚才描述的那个年代，在我最初认识阿妮特时，在那个时候生活远远超出了我的控制能力。我也不去在意。我没有任何多余的想法。我喜欢在床上躺平或者四处游荡、打打牌，到了星期六晚上会好好饱餐一顿，周末一过再把钱包挣满，没钱的时候就去工地上干活儿。在我看来，一切都很简单。在活着和弄明白生活之间，没有什么联系，你们明白我的意思吧？

就跟汽车一样，要是让你来更换德科点火系统、平衡环、传送带什么的——哪怕只是让你亲自把油加满。你做得来吗，嗯？大部分开车的人一无所知，既不知道怎么换，也不知道为什么要换。我的人生也是一样。别看我手握方向盘，又是换挡，又是加油的，可是也仅此而已。

遇到玛格丽特时，我才发现学习知识是件复杂的事。接着又觉得很有趣。随后又有一种挫败感。因为自从开始学着思考以后，我就像近视的人戴上了眼镜一样。以前周围的人和事好像都很和谐：想得很简单，所以也就看得含糊。如今你会突然看到裂痕、锈迹、缺点，好像一切都完蛋了。你开始预设死亡，开始看到有一天将会离开这一切这个事实，而且死的方式还不一定有趣。你这才发现，原来时间不只是在无辜地流淌，它还会双手搭在你的后背上，一天天将你推向死亡。既然是免费坐旋转木马绕上一圈，就别指望还有奖品球可以拿了。只是转一圈儿而已，除了走向消亡，别无可求。

坦白地说，对于有些人来说，人生就是一场彻头彻尾的骗局。

十二

　　玛格丽特说，培养文化能力就像爬山。今天我才充分理解此话的道理。在平地时，我们觉得自己什么景色都看过了，什么事理都明白了：但我们看到的无非是草原、苜蓿和牛粪（牛粪这个例子是我想出来的）而已。然而，在一个清晨，我们背上背包开始了攀登，我们爬得越远，被我们甩在身后的东西就会变得越小：奶牛变成了兔子，变成了蚂蚁，最后变成了苍蝇屎。相反，我们在攀登过程中发现的新景致却显得越来越大。我们以为对面的山峰就是世界的尽头，错！它后面还有一座山峰，再后面还有另一座更高一些的，接着还有一座，然后还有很多座。我们安静生活的这道山谷，只是众多山谷中的一道而已，甚至还不算最大的，事实上可能不过是一处鸟不拉屎的穷乡僻壤。在攀登时，我们会遇到其他人，可是越往上爬，遇到的人就越少，也会越发不胜寒意。说不胜寒意，是一种表达方式。一旦来到高处，我们先是感到欣慰，觉得自己超越了其他人，很是强大。我们可以极目远眺，但是，没过一会儿就发现自己想错了，有很糟糕的一件事，那就是我们很孤独，我们没了可以一起聊天儿的人。很孤独，又很渺小。

因为，从上帝的视角看——不要忘记感恩上帝——我们当然并不比一颗苍蝇屎大。

这也许就是玛格丽特对我说——"日耳曼，您知道吗？有文化会使人被孤立。"——这句话时所想到的吧。

我认为她说得没错，而且成天目睹底层人生，会让人头晕目眩吧。

我得出的经验教训是，爬到一半就要适可而止，能爬到一半已经谢天谢地了。

玛格丽特上过学，不只是小小不然地念了个技校。现在人人都有技校证（不过，我没有）。而她却是玩儿真的，念了那么多年书，等毕业时已经老了，剩下的工作时间都不够缴纳退休金的年限。

她读了个博士学位，不过她不是医生，她学的是植物学。她是研究葡萄籽的。我看不出研究葡萄籽能发现什么，一粒葡萄籽还不是一眨眼的工夫就能了如指掌吗？但那是她的工作，不应小觑。

没有愚蠢的职业，只有愚蠢的人。

也许是因为这个，她才成天谈论文化和培养[①]：又是些同音不同义的词汇。要是培养植物，你得用铁锹翻土，勾划畦垄，让土地透气，然后才能播种。而玛格丽特说的那种培养，只需拿一本书读读就行，但是和想象的相反，那其实也不是件容易的事。

说到读书，我现在可以告诉你们，我很是读过一些书。

你们无法想象，阅读对于像我这样一个没有受过多少教育的人而言是多么困难。读一个词，还好，能够明白；读下一个词，也能明白；读到第三个词，就需要碰运气了。用手指指着，继续读下去，八个，九个，十个，十二个，一直读完。真想弄懂整句意思的时候，却一筹莫展。因为越是想要把这些词串联起来，就越是不可能，它们会像丢在工具箱里的螺丝螺母一样四散开来。会者不难，什么东西摆放在什么位置，

---

① "文化"和"培养"在法语中同形异义。

对于会的人来说轻而易举。无论十五个还是二十个单词，都
吓不倒他们，他们管那叫作句子。但是，在相当长的一段时
间里，这对我而言却非易事。论识字，我当然识字，因为我
认识字母。可问题是不知道其中的含义。从前，说起书籍，
我便会跌入傲慢这个坑，会觉得书籍是"他妈的"用来装逼
的东西，看起来也没什么了不起的。

无非是油墨和纸张的结合体，有什么了不起的？然而，
说它是一堵墙，的确也是一堵墙，是一堵叫人挠头的墙。

总之，除了能让人读懂报税单或社保单之外，我看不出
阅读还有什么意义。

我觉得玛格丽特身上最吸引——参见"激起兴趣"一
词——我的地方，就是这个。

每次见到她时，她要么是什么都没在做，要么是捧着本
书在读。说她什么都没在做，其实也只是因为她才把书放进
手提包，专门腾出时间来跟我聊天。

认识她一段时间后，我总结出了这一特点。今天，要是
你们问我她黑色的小手提包里装有什么，我闭着眼睛都不会
答错，装有一包纸巾、一支钢笔、一盒薄荷糖、一本书、一

个钱包，还有盛在深蓝色小玻璃喷瓶里的香水。

她的包里永远都是那几样东西，只有书是经常换的。

有意思的是，我每次打量玛格丽特时，别看我见到的不过是个四十公斤重、皮肤松皱得跟虞美人似的小老太太，背有些驼，双手还不停地颤抖，可她脑子里却整整齐齐、按照数字陈列着几千架子的书呢。表面上看不出来，可她就是这么智力惊人。她跟普通人一样，很正常地和我说话，在公园里散步，数鸽子。

她可从来不扮什么高傲。

但是，她跟我说，她年轻那会儿，没有多少妇女接受那么专业的教育。我一直都搞不明白她的葡萄籽研究是什么工作，也不知道那有什么用。可是，她以前在实验室里戴着显微镜，和一些管子和瓶子打交道，想想就让我觉得敬佩。

除此之外，她随时都在读书，也让我颇为敬佩。

严谨一点，应该说"她在此之前随时都在读书"。

十三

第一次见面后不久，玛格丽特和我又见了一面，具体日期已不记得。她坐在同一张椅子上。想必也是同一时期。

我远远地看到她，心里就想："瞧，老奶奶又在数鸽子呢。"这次倒并未让我感到不快。我去同她打了个招呼。她眼睛半闭着，一副若有所思的样子，可又很像是睡着了。

说到底，无论思考，垂死还是午睡，老年人做什么看上去都是一个神态。

我说："您好！"她转头微笑了一下。"啊！您好啊，查泽先生。"

在这一带，人们不怎么称我"先生"。

更多时候，人们会说"日耳曼，你好"或"嗨，查泽"。

她示意我在她旁边坐下。这时我发现她手里拿着一本书，铺在膝盖上。我盯着书，想看一看封面上画的是什么，她问道："您喜欢读书吗？"

"我可不喜欢！"

这句话像出膛的子弹一样脱口而出，无法收回。

"不喜欢？"

玛格丽特神情惊讶。

我想弥补自己的冒失，随口说道："工作太忙了……"

"那倒是！人一生中，工作的确占据很多时间……例如数鸽子，在烈士碑上写自己的名字……"

她说这番话时，看上去内心在大笑，但是并无恶意……

"您都看见了？烈士碑上写名字的事，您都看见了？"

她点点头。

"是的，看见了……是的，有一天我看见您在石碑前，看上去还很忙碌，可是从我这儿无法猜到您在做什么。于是，等您走远后，我前去弄了个究竟，请原谅我的好奇心。我发现您在亡者名单上加了'日耳曼·查泽'这个名字……我猜是您的父亲吧？如果我没记错的话，您曾经告诉我您也叫日耳曼，是不是？"

我回答说"是"。她一口气问了好几个问题，我只答了一个"是"字，她想怎么理解就怎么理解吧。于是，我突然间多了一个与我重名的无名烈士父亲，假如真是这样的话，在我看来也挺好笑的：事实上，查泽是我母亲的姓，她未婚先孕，等后来怀里抱着一副襁褓时，也就耽搁了嫁人。

像母亲常常念叨的那样，她手上多了个包袱。

因为，我对母亲来说是个沉重的负担。她毫不掩饰地将这一点昭告天下。可是，正如朗德洛蒙后来所言，事情都是相互的——或者是些近似的话——他的意思是，她也没给过我什么好果子吃。

我不愿令玛格丽特失望，没有向她提及 7 月 14 日的那场舞会，以及我母亲在草垛后听邻村 个三十岁的家伙谈人生从而毁了名节，还生下一个半弱智儿童的事。至少从玛格丽特的立场出发，故事会令人失望。我觉得，在玛格丽特的圈子里，这种事是不会发生的。也正因此，我只对她回答了一个"是"字。如此一来，我倒还成了烈士血脉、战争孤儿，要我看的话，总比当什么别人的意外产物要体面多了。

她叹了口气，好像为我感到不幸似的。

有什么好不幸的？我心想。可怜我什么呢？我的人生，还算美好吧！

我依然记得她严肃地看着我说:"我觉得您花那么多心思去扭转一件很显然不公平的事,这很感人……可是仔细想想,又不合常理:要是您的父亲在阿尔及利亚牺牲[①]了,他的名字怎么会没有被刻在石碑上呢?"

该用什么让人信服的理由跟她解释我的生父其实并不在烈士之列呢?如果我的情报是准确的,我的生父姓德比依,是个木匠,他压根儿不是死于什么战争,而是在我四五岁时在西班牙死于大巴翻车事故。更不用说,他从来都没参加过那场阿尔及利亚战争(1954—1962)了。要是他死于那场阿尔及利亚战争的话,就没有我了,也就不会给任何人带来麻烦了。我生于1963年4月17日。

但是,我也不知道如何向这位可怜的老太太包装我的故事,绞尽脑汁都无济于事。我坐在那里,呆若木鸡,为无法令我杜撰的版本更加完美而叹息。

这时她说道:"查泽先生,对不起……我发现我的问题

_____

① 此处指阿尔及利亚为摆脱法国的殖民统治,争取民族独立而发动的武装革命。

很冒昧，请您原谅我。我不想让您尴尬，我不愿意这样，真
的很过意不去……"

我回答说："没什么……"

说没什么，这话一点儿都不假。对我的父亲，我根本不
在乎。我不过是起源于他而已。

十四

这 天回家的路上，我问自己，我的名字，我为什么执
意要把它写在他们那份"狗娘养的"大理石名单上呢。只要
好好思考一番——在当时，思考可是我不大喜欢做的事——
我就知道自己毕竟并没有参加过战争。而且，即便我在副市
长德瓦勒面前装疯卖傻，我也心里明白，得是死人才能往那
个名单上列。

我日耳曼很清楚，只有死人才有资格被用大写字母刻在
那上面，并且成天让公园里的鸽子在自己名字上面拉屎。

那么，我为什么，为什么这么执着于成为其中的一分子？

可能是想告诉自己存在于某个地方，是想找到一点儿存在感吧，虽然我知道，我在任何物质的表面上都做不到真正的不可磨灭。也可能是想引起别人的好奇心："对，有可能是那个每天都在烈士碑上写自己名字的那个家伙做的吧，可他为什么要这么做呢？"

我很想找个人谈谈我的行为。可是找谁谈呢？朗德洛蒙和马可就算了吧，他们会一如既往地拿我当个傻货。至于于连，我不知道他会怎么想。乔乔和尤赛夫，也不行。阿妮特呢？

是的，可能这种事找个女人聊聊比较好。

女人很有意思，她们什么都不懂，只要看看男人们拿她们多么不当回事儿就知道了。可是，她们的直觉却很厉害，三下两下就能说清楚你的内心状态。她们能说个八九不离十。有时还说得很在理。

我突然意识到一件惊人的事，那就是我正在对我、对我的思维方式和行为方式，对所有这一切发出拷问。"妈的！"我心想。

对我而言，这是前所未有的事，这让我感到眩晕。因为在这一天之前，对很多事情我只有想到过和没想到过的区别。

即便是想到过，我也会走神，也都是不经大脑地想到过而已。其实，想到了，未必就意味着有所思考。

诚然，我知道这样的解释也不是很明晰。但是，我没有追问事情原委的习惯。

玛格丽特无意中开启了我思考欲望的大门，就如同激发了我的脑勃起一般。

于是，晚上在篷车斗棚前的烧烤架上烤牛排时，我脑海里涌现出从小到大发生的一堆事情。例如，我跟你们讲过的败乐的事。还有跟我母亲吵架的事，以及和卡尔蒂尼这个瘪三的事——后面我还会提到他。再比如说第 次偷手提包的事，不要太苛刻吧，我当时还是个孩子呢，所有孩子都干过这种事。又比如说，服兵役的事，在酒吧里烂醉如泥并且打架的事，打牌或打炮的事。且不说那些拿我开涮的傻货们了，他们还以为我什么都不知道呢。

岁月匆匆，正如朗德洛蒙说的那样，综合统计数字和人均寿命这些因素，我距离人生的终点比距离人生的起点要更近一些。

然后，我又想起我小时候曾经的梦想，想起十二岁时的志向——所谓志向，是指对某种职业、某种身份的倾慕、向往。每次教堂开门时，我都设法潜入。不是为了祈祷，那与我没有任何干系，愿上帝用他庞大仁慈的胸怀原谅我这么说。我是到唱诗班后面看大彩绘玻璃的。我觉得彩绘玻璃色彩漂亮，而且上面的绘画也很棒。于是，我决定成为一名"彩玻璃家"。

填报志愿那天，等我说出这个意向时，我得到的回答是："'彩玻璃家'，没有这个职业。"没有这个职业？妈的！对于这些傻货来说，都有什么职业呢？画彩玻璃才是世界上最帅的职业。他们建议我退而求其次进玻璃厂当学徒。我说我对造玻璃不感冒，并让他们一边儿凉快去。既然同样是造玻璃，我还不如造百丽①耐热玻璃碗呢。

你们看，其实只需有人跟我解释一个词，只解释一个词就行了。只是那天没有人告诉我，要想学习彩绘玻璃，得选择玻璃画匠这个职业才行。

总之，在切拌沙拉用的番茄和洋葱时，我又想起了自己

————————

① 百丽，是玻璃器皿的一个品牌。

的一些行为。只是不像是在想我自己的事，而是仿佛蓦然回忆起路上遇到的一个男孩儿，邻居家的一个儿子或者一位侄子，乃至随便哪个命运不幸的男孩儿，总之是一个没有父亲，也不能算得上有母亲的孩子——我那种母亲，有和没有……

俯视自我，让我觉得好玩儿。我心想，好你个日耳曼，你为什么要做那些事呢？

所谓"那些事"通常是指数鸽子、憋着气奔跑、打牌或者用我的欧皮耐尔刀雕刻那些木块儿。我用严肃的口吻问自己，就像是在拷问别人，又像是在接受来自上帝的拷问——我并无亵渎上帝的意思，我对他老人家礼敬有加——"日耳曼，你为什么做那些事呢？"这个问题在我耳畔回荡：为什么？为什么，日耳曼？到底为什么？

我觉得那是我智力风暴爆发的一天。以前可能也爆发过。确切地说，是小时候的事情了，可是当时大人会立刻教训我，让我"一边儿玩儿去，别吵我们，别拿你那些问题烦人"。

他们把你罩在罩子下长大，你就别指望能长多高了。

十五

第三次见到玛格丽特时，我比她早到。我在长椅上坐下，每当有母亲带着一群孩子或者有老人拄着一根拐棍朝这边走来，我都摆出一副凶神恶煞的样子。目的是用我的臭面孔吓走路人，让他们到远处去安营扎寨。

这张椅子是属于我和玛格丽特我们两人的。是她的和我的。就这么简单。最可笑的是，我居然开始等待这位喂鸽子的老奶奶。当我看到她穿着花长裙、灰马甲，腋下挎着包，迈着瘦弱的步子走来时，我心中便感到一阵温暖，不亚于一个十五岁的少年看见了自己心仪的女郎。

说到底，也不太一样。至于不同之处，你们懂的。

她捻动着指尖跟我打招呼的样子，让我想笑出声来。有了，要是必须向你们定义我和她之间的状态的话，我会这么定义：跟她见面会让我有一份好心情，让我觉得舒服，让我觉得幸福。

她把手提包放下，一边抚平衣服上所有的皱褶，一边在长椅上坐下。她说道："查泽先生，真巧啊！"

"您知道，您可以喊我日耳曼的。"

她微笑道："真的吗？说真的，非常荣幸，日耳曼。但是，只有您同意喊我玛格丽特，我才允许自己那么称呼您。"

"那这么说，要是您坚持那样的话，我也很乐意。"

"我坚持您喊我玛格丽特。"

"要是这样的话，那么好吧……"

"咱们那些鸟儿，您今天数过了吗？"

她说"咱们那些"，并没让我觉得奇怪。我回答说："这不是在等您吗？"

很不妙，我说的是真的。

她皱起眉头，就像在思索重要的事情似的。她说道："好。那么，日耳曼，告诉我，咱们怎么数？您想让我先数一遍，然后您再数一遍？还是一块儿大声地数？或者，您更喜欢我们各自默数，然后对一下数字吗？"

"各自在心里数吧。"我回答道。

"对，您说得有道理……我觉得这样我们才不会相互干扰和相互影响。您很有科学概念，日耳曼。我很喜欢这个风格。"

她没有瞧不起我，实属罕见，这让我觉得有些自豪。

我们数了数，一共十六只。我向她介绍了斗斗、小蟹虱，还有两三只她从没见过的。

说到"小蟹虱"，她让我重复了好几次这个名字，她不认识这个词。

"小蟹虱，'螃蟹'的'蟹'，'虱'子的'虱'。"

"螃蟹什么？"

"反正呢，就是蟹虱。"

"不知道，不知道，我不知道那是什么……没有任何印象。"

"您当然知道，您当然知道。又叫阴虱，这个名字您可能更熟悉吧。"

"阴虱？！您是说，您是说……长在阴毛上的虱子？"

她看上去有些疲倦。"对，也这么叫。但尤其这么称呼小孩儿……您不知道？"

"天哪，不知道！我觉得跟您有学不完的东西……可是为什么这么称呼小孩儿呢？"

"这是因为小孩儿个头儿不大，也缠着人不放，所以很烦人！要是沾上一个就摆脱不掉，您明白吧？"

"对，对对，有可能……千真万确！……所以被比作'虱咬症'……"我回答说："是的，就是您说的这个。"我也不确定是不是她说的那个，反正差不多吧。

她笑了起来。

"跟您在一起，我这一天没有浪费，还学了点儿东西。"

"这算什么。互相帮助是应该的。"

她沉默了一会儿，突然好像想起炉子上还煮着牛奶似的，说道．"啊，我差点儿忘了告诉您……"

然后，她从手提包里取出一本书，说道："日耳曼，您知道吗？昨天晚上，我重读了一遍这本小说，想到了您。"

"想到了我？"我问道。

她的这番话让我吃惊。

"是的，想到了您和鸽子。是读到一句话时突然想到的……噢，一定得给您找到这句话，您等着……是这句……啊，找到了！您听：'一座城市既没有鸽子，也没有树木和花园，既看不见鸟儿扑打的翅膀，也听不到树叶沙沙的声响，总之，这样毫无特色的地方，让人怎么想象呢？'①"

她停下来，看着我，像是送了我一件礼物似的，表情里带有一丝儿童逞能后的自豪。而我却有些不知所措。因为，很少有人会引用一句话来形容我。也很少有人读小说时会想到我。我说道："您能重念一遍吗？如果这个要求不算过分的话。刚才念得太快了……"

"当然了……'一座城市既没有鸽子，也没有树木和花园……让人怎么想象呢？'"

"书里是这么写的？"

"是的。"

"很在理。写的是事实！一座城市，要是没了树，没了鸟……这本书的题目是什么？"

"《鼠疫》。作者是阿尔贝·加缪。"

"我的祖父也叫阿尔贝。题目叫'鼠疫'很好笑。是关于什么的？"

"您想读的话，我可以借给您……"

---

① 书中所引《鼠疫》部分均摘自李玉民译本。

"您知道，读书对我来说……"

她合上书，看上去在犹豫，然后说道："您想让我念几个片段给您听吗？我很喜欢朗读，但是机会不多。您知道，要是我坐在长椅上大声朗读的话，人们一下子就会担心我是不是精神受了刺激。"

我回答说："那肯定，人们一定会把您当作一个老怪物，我这么说不是想冒犯您……"

她大笑起来。

"啊，啊，说我是个老怪物，倒也确切。那是称人'老蠢物'的委婉说法，是不是？！反正就是想跟您说，您要是同意，我可以念几段节选。权当是给我个机会，您知道吗？……但是，我不想让您觉得无聊……只有在您愿意的前提下，我才会读给您听。所以，请您坦白说，您会喜欢听我读书吗？"

我回答喜欢。

"喜欢"一词也许并不合适。但我的第一反应至少是：那将会是一个不至于让我觉得厌烦的远景——参见"希望""可能性"等词。

有时在用我的欧皮耐尔刀做雕刻时，我也会从广播里

收听故事，收听戏剧。那样做的确可以让人的耳朵不觉得
寂寞。

十六

玛格丽特用平静低弱的声音开始了朗读。然后，不知是
不是出于故事情节发展的缘故，她提高了嗓门儿，并且通过
变换腔调的方式来暗示这时有很多人物在进行对话。

听她读得这么棒，不由得你不打起精神来，也不由得你
不对她读的故事产生兴趣。你被勾住了。反正，我是头一次
听故事听得愣在那里一动不动。

她跳过了小说开头的两三页，她解释说："要是您同意，
咱们直接进入故事部分吧。"

接着她又说道："我读小说向来都觉得故事的开头很无
聊……反正吧……那好。但是，我得交代一下故事地点：故
事发生在阿尔及利亚的奥兰……"

她如果只提到"奥兰"，我可能会假装知道那是哪里。

可是，阿尔及利亚，我了解啊：尤赛夫因为他父母出生在那里，曾在地图上给我找过阿尔及利亚的位置。

总之，她甚至没意识到要跟我确认是否会超出我的地理常识之类的。她什么都没问，就开始安静地朗读起来。

"四月十六日上午，贝尔纳·里厄大夫走出诊所，到楼梯平台中间时绊着一只死老鼠，当即一脚踢开，也并没在意，就下楼去了。可是到了街上，他忽然想到那只老鼠……"

她刚读了几句，我就知道自己很喜欢这个故事。我不知道是哪种类型的故事，不知道是恐怖故事还是侦探故事，但可以肯定的是，我像只兔子似的被这个故事揪住了耳朵。

我仿佛看到了那只死老鼠，我好像真的看得到呢。

还有另外一只，先是在楼道里跑向医生，随后咯血而死。故事后面描写的医生妻子一副病容卧床不起的样子也犹在眼前。

"……差不多正是这个时期，我们这些同胞开始担心了。因为，从十八日起，各家工厂和库房着实清出来数百只老鼠尸体。有时候，也不得不结果那些残喘时间太长的老鼠。"

妈的，真是恐怖！我脑补着那些死在各个角落的老鼠以及那座被老鼠占据的城市。画面和电影里一样，只不过是在我脑海里为我一个人放映而已。她和我坐在公园的中央，坐在椴树的树荫下，一副恬然自得的样子。可是只要我一闭上眼睛——甚至不用闭上眼睛，让想象力自由发挥即可——我们周遭就会出现一堆老鼠的尸体，全部四爪僵硬，身体肿得鼓鼓的，恶臭难闻。另外一些则正在叽叽尖叫着蜷起毛发剥落的粉色秃尾。

"它们从储藏室、地下室、地窖和阴沟里爬出来，列成长队，蹒跚前行，晃晃悠悠来到光亮的地方，在原地打转，然后死在……"

唉！这场瘟疫，真是恶心！想想都让我浑身发抖。要是有什么动物让我觉得恶心的话，那就是老鼠。老鼠，还有蟑螂。蟑螂也很恶心。

玛格丽特读上几页，然后跳过一段，接着继续读稍后面一些的内容。我一言不发。我只是在想市政厅的灭鼠部门最终能不能让人们摆脱这场灾难。因为，谁不知道市政厅那帮人的做事方式呢！反正，我们这里的市政厅是这样的。可能奥兰那里有所不同吧。要是真不一样，对当地人来说那是最好不过的了。要是换成我们这里的话，所有人都得在老鼠堆里窒息而死了，我这么说没有怪罪谁的意思。书里还写到看门人染病后淋巴结肿得都要把脖子胀开了。淋巴结我是知道的，因为有一次我得过一种病，能感觉得到腹股沟那里的淋巴结，尤其是在那个笨蛋医生用力按压的时候。

玛格丽特停下来时，我很想让她继续。可是跟她还并不熟，所以也不好向她提出要求。我只是说了句："您这本书很有趣。"

她微微打了个手势，意思是赞同我的观点。

"对，加缪是个大作家，这是肯定的。"

"他的名字叫阿尔贝，是吧？阿尔贝·加缪。"

"完全正确。您从未读过他的书？比如说《局外人》，比如说《堕落》？"

"……印象中没有。反正，不记得读过。"

"要是您喜欢读的话，咱们可以过不久后再找一天继续读，您觉得呢？"

我说好，甚至马上继续都可以。其实，是我不想跟个小孩子一样，天天坐在长椅上央求大人念故事给我听。当然了，区别之处在于，给小孩子听的故事里是不会充斥着死老鼠的。

我的回答是："可以吧，为什么不呢？"我没有当即回绝。

那是表示同意的一种方式，但也说不上我有多么主动积极。

道别时，我们没有约定下次继续朗读的日期。

我沿着花园小径，陪她走了一程。她从解放大道那一侧离开了。我则更喜欢走角斗场大街那边，这样更近一些，至少相对于我要去的地方更近一些。

一切都是相对的。

十七

我一边走着，一边回想她刚才给我读过的东西。除了描写老鼠的那些句子外，很多别的片段，我都很喜欢，例如打算自杀的邻居用粉笔在门上写下"请进，本人已自缢身亡"这一举动就让人叫绝。

"请进，本人已自缢身亡"，这么写很棒，难道不是吗？

加缪这货，脑子里装了什么呢，能想出这么酷的段子。

　　只是有时候，到了现实生活中却……我记得小时候的邻居就是正对着自己的脑袋开了一枪……他姓伦巴第。他怕孩子们放学回家后发现，也在门口留了张字条，字条上写着：我去买东西了。为了不让狗溜出去，他把它和自己关在了一起。那是一条栗灰色的大狗，跟疥疮一样凶恶，是狼狗和德国獒的杂交品种。孩子们放学后读到父亲的字条，又听到狗在家中挠门。他们想把它放出来，但是，门反锁着。于是，男孩儿让妹妹乖乖待着别动，自己绕到房子后，从后窗户爬了进去。他进去后，就再也没有出来。他们的母亲下班后也看到了字条，发现只有小女孩儿一个人坐在门口，却四处都找不到哥哥，觉得事有蹊跷。

　　她把女儿留在我们家，让我的母亲帮她照看。我至今记得，小孩儿一直哭个不停，让我忍无可忍。

　　起先外面听不见任何动静，后来邻居妈妈突然号叫起来。接着就响起救援人员的警报声，紧跟着警车也拉起警报。我想出去看个究竟，可是只见草坪上围满了人，中间是一副担架，担架上还盖着一副床单。

后来伦巴第太太告诉我的母亲，她回到家中时，发现儿子在厨房里一动不动，僵硬地站在他父亲早已不堪入目的尸体前。狗头上甚至连狗的耳朵上好像都沾满了鲜血。它显然是用舌头把地面也舔了个干干净净。它还舔舐过主人的脑袋，假如那还能算得上是一颗脑袋的话，上面一丝血迹都没有，连一小片骨茬儿都没了，也看不到一星半点儿的脑髓。堪称完美。脖子上方被清理得只剩下一个"小瓷瓶子"。

后来，这只狗应该是被安乐死了，反正是被弄死了。

从此，这位女邻居就疯疯癫癫的，以后每次在路边见到狗时，就大喊着"过来，快，快点儿"，把孩子们全都拢到身旁，也不管会不会把他们吓得屁滚尿流。

她的儿子原本就已有些精神涣散，何况在经历过这种事情之后呢。

要是他们的父亲也能像阿尔贝·加缪那样在门前写一张"请进，本人已饮弹自尽"，就不至于让孩子受到惊吓了。

不过，我们也不是事事都能料到的。

十八

玛格丽特用几天的时间为我读完了《鼠疫》。当然不是整本小说。是一些段落。应该说，总体上给人的感觉是非常不错的。看到小说里那些变态人物，我不禁要问，这个加缪是从哪个酒吧里淘到这些人物的呢？比如那个叫格朗的家伙，他想写一本书，可每次写的都是同样一句话，顶多是换两三个单词而已。这让我想起《闪灵》，你们知道那是杰克·尼科尔森出演的一部片子。同样一句话，杰克·尼科尔森在他那台老打印机上敲了数百次，到头来却决定手持斧子劈门杀妻。这个故事也把我吓得战战兢兢。尼科尔森饰演变态是很在行的。

书归正传。总之，可以肯定的是，玛格丽特和我重温《鼠疫》的那些日子，时间从我们的长椅旁流逝得很快。

有一天，她对我说："日耳曼，您的确是块读书的料，我没看错……"

这番话让我大笑起来，因为书籍与我，不用多说，你们懂的……

不过，她说这话时却是认真的。她跟我解释说，读书正是从倾听开始的。而我此前恰恰以为读书是从阅读开始的。她回答说："不，不，日耳曼，别这么认为，让小孩儿喜欢上读书，就是从为他们朗读开始的。"她又补充道，"如果方法得当，能让他们日后读书上瘾，就像吸毒一样。他们在长大的过程中需要读书。"这让我感到吃惊，但是仔细想来也不无道理。要是小时候大人为我读过故事，可能更多的时候，我也会去找书读，而不是无聊到去找蠢事来做。

十九

因此，她给我书的那天，我着实非常高兴，虽然同时感到有些羞耻，因为扪心自问——参见"良心上""心底里"等词——这本书我自己是不会去读的，因为读起来太长，也太复杂。

她离开的时候随手把书递给我，说道："我用铅笔标出了我们一起读过的段落，做了记号。"

我回答说："好的，非常感谢，真是太热心了，我很荣幸。"

她微笑着说："日耳曼，是我很荣幸，我这么说您别不信！喜欢的书不应该独享。其实，读书和其他事情一样，都不能独占。我们在地球上只是传递者，您知道吗……学着分享玩具，大概是人生中要记住的最重要的一课。另外，要是有机会的话，我还要带您了解我喜欢的一些其他书籍。当然，前提是您不嫌我唠叨……您愿意吗？"

有些人是让人无法拒绝的。她用那对和蔼的小眼睛看着我，满脸皱纹，就像按动一阵铃声然后马上跑走的恶作剧者一样，看上去对自己的玩笑很是满意。我心想，她年轻时，一定也只需一句"您愿意吗"就能让男人神魂颠倒吧。

我点了点头。我幸福而又愚蠢，这二者在我身上往往是同时存在的。

她沿着小径走了，我手里捧着书，一个人呆坐在那里。那是我的第一本书，我是想说，别人送给我的第一本书。

回到家后，我不知该怎么处理，就把书放在了电视机上。

但是，到了晚上，就在临睡前关电视时，我又注意到了它。它好像在等我。

仿佛有个声音在我耳畔萦绕："妈的，日耳曼，下点儿功夫吧，不就是一本书吗？"

我抓起书并打开，没有从最开头看起，而是直奔她做过记号的地方，找到了这句话："四月十六日上午，贝尔纳·里厄大夫走出诊所，到楼梯平台中间时绊着一只死老鼠。"由于我已经知道这句话的意思，所以再看到时，发现读起来相当容易。为了方便更快找到这句话，我又用我在菜市场卖菜时往蔬菜标签上写菜名用的荧光笔涂了一道。

随后我又找到"请进，本人已自缢身亡"这句。找这句话时，颇花了一点儿时间，但其实寻找的过程就跟玩儿游戏一样，就像找线索游戏。然后我又用荧光笔标记了喜欢的所有句子。你们知道，《鼠疫》至今都是我只读过其中一些节选的一本书。其他的书——字典除外，因为换作是本字典，我也不会从头到尾把它读完——即便是再艰涩，即便读起来再困难，我都会专心把它读完。反正，我会努力。

但是这本书，怎么跟你们讲呢？……我可能永远都不会完整地把它读完。

因为，我喜欢的版本是玛格丽特演绎——参照"演绎"一词——的版本。

二十

在读过玛格丽特送我的《鼠疫》不久后的一天，我和马可还有朗德洛蒙来到弗朗席娜餐馆。我们打牌时，电视里正在播报新闻，其中有一段播放的是关于不知哪个国家的报道，总之，从和平角度看，最近局势紧张。而现在又刚刚发生了地震，根据特派记者的初步估计，已经死了很多人，可真是一场灾难。

——妈的，你们信不信吧？！在有些地方，人们真是一点儿运气都没有。不是炮弹从天而降，就是房顶突然崩塌了。反正，那里的人总会遭点儿什么罪。

马可接过话茬说："就差一场霍乱了……"

"或者鼠疫，就像加缪在书里写的奥兰那场鼠疫。"我说。

朗德洛蒙怪异地看了我一眼。他张着嘴，什么都没说，转脸看了看马可和于连，然后又转向我。他漫不经心地问："你读加缪，你？"

"算是吧……不过就是读了一点儿《鼠疫》……"

"是吗？……你读过《鼠疫》，还'不过就是读了一点儿'？你如今对读书也有兴趣了？"

他跟我说话的这种腔调，让我忍无可忍。我喝完杯里的啤酒，站起来对他说："就允许你读？"

出门后，我心里念叨说："你这个'贱货'，下次你要是再不依不饶，我给你一耳刮子。"

用我母亲的话说，得给他醒醒脑。既然想起我的母亲，我心想，应该趁她还活着，这几天就去看看她。

二十一

母亲的住处离我不过三十米远。她住在她的房子里，我住在花园里。确切地说，是住在篷车斗棚里。但是，仔细想来，什么都大不过我们二人之间的隔阂。

我本可以找一个自己的房间，可是对我而言有什么用处呢？我不需要什么地方，能放下一张床，有个地方能容得下我弄口吃的就够了。我现在的空间已经够大了。大伙儿都跟我说我的块儿头那么大，住篷车斗棚太小了吧。可是，从小时候起我就习惯了挤着，我的个头儿一向都大。阿妮特却觉得我这样非常棒。只是，怎样才可以认为一个女人算是爱我？你们知道女人是怎么回事：她们总觉得你最帅，最厉害。当母亲的好像也是，也有这个倾向。至少那些护犊心切的母亲是这样的。

我之所以没有搬走，是为了我的菜园子。菜园子里的菜都是我种的，是我一个人种起来的。是我拿铁锹翻的地，相信我，那不是件懒人能干的活儿。我还建了一个带铁门的围栏，建了农具储存室和塑料棚。那是我的孩子。这么说可能很傻。但我无所谓。没有我就不会有这个菜园子。我什么都种一点儿，有胡萝卜、圆萝卜，有勺子菜，也有马铃薯和大葱。我还种生菜，比如说莴苣、苦苣、罗马生菜，还有一点儿卷心莴苣。番茄当然也要种，除了马尔芒德，尤其得种一些牛心番茄和黑克里米亚。然后再随心所欲地按照节令随便种点儿什么。为了好看，我栽了几株花。我开始料理这个花园时还是个少年。具体什么时候已经不记得了，大概十二三岁？

我的母亲跟疯狗似的冲我大吼，说我把她的草坪给折腾成了工地。"她的"草坪？你们听听她说的！说是一块空地还差不多吧！

现在，她没话说了。我一转身，她就来偷菜。起初，我还会嘟囔两句。可是，说到底我并不在乎。收获的菜足够我一天吃十顿的。我有时候还拿到市场上去卖。况且，拿着篮子来回偷菜，对我的母亲也是一种锻炼。她需要运动，她喘起气来跟牛似的，以后肯定不是栽在心脏上就是栽在呼吸道上。或者心脏和呼吸道同时要了她的命也有可能。她脑子有问题，这是板上钉钉的事。可是，脑子有问题，不至于死人：即使智力全无，也不妨碍她活着。就是周围的人得遭殃了。

我跟母亲说想搬到空地尽头到篷车斗棚去住的这一天，她当我疯了似的望着我。她说："怎样做会让邻居看笑话，你就偏要怎样做，是吗？"

我平静地回答说："邻居怎么看，我不在乎。我不知道碍着他们什么事儿了。花园是我们家的……"

她倒在沙发上，用手捂住胸口，沉重地喘着粗气。

"我做了什么对不起上帝的事，有你这么个儿子？"

"对上帝，你没做任何对不住的事。"我回答说。

"啊，滚出去！滚！你烦透我了！滚回你的篷车去！滚吧！"

我没有还嘴，头也不回地把她晾在了那里。

二十二

我很喜欢这个篷车斗棚。我把它刷成了白色，还在上面加盖了一道披檐，好让葡萄朝上攀爬，夏季可纳凉，雨季可挡雨。篷车斗棚不属于我，可是它的主人八成是不会找我要回去的。反正，他要是还想要自己的命根子的话。

他叫卡尔蒂尼。让-米歇尔·卡尔蒂尼。

有一天，他来到我们家。我那会儿还是个小孩儿，大概八九岁的样子。打那以后，他几乎没再露过面。可以确定的是，那会儿我还没开始种菜园子，我差不多还在上小学。这算是两个时间参照点。

一天早上，这个家伙突然来问母亲，能不能把他的篷车斗棚暂存在我们家里，他来我们这里待两个星期，"做完买卖"就走。

不知道你们会怎么想。反正，一个老爷们儿睡在艾瑞巴篷车斗棚里，还说是来我们这里做买卖的，想想都让我觉得忐忑不安。确切地说，换作是今天的话，会让我觉得忐忑不安。因为，当时我还小，没有什么会让我觉得蹊跷和怪异。

他所谓的买卖，无非是在各个市场上卖些廉价的首饰，这是我们后来才知道的。

简而言之，他跟我的母亲说，从市政府那里打听到我们家有一大片空地，他想做买卖期间租上一块儿。要是我的母亲能管他一顿午饭，那就更好了，他会一起结账。

那时，我的母亲没有别的进项，因此常常有些入不敷出。她时不时四处找些零活儿来做，可那都是些不起眼的收入。这时有人要租一块儿除了供我玩耍——而我又不重要——之外、百无一用的荒地。来家里偷偷寄宿，给的钱还不用上税，这很是值得她好好想一想。没用多久，她就想好了。

我猜她肯定是没等卡尔蒂尼把话说完就一口应允了。

这个卡尔蒂尼，一见到他那副虚伪的嘴脸就让我倒胃口。瞧他穿着紧身西装、条纹衬衫那副自负样儿。头发留到脖子，满头的头皮屑，他可能是想要摆谱儿，但给人的感觉恰恰是一副瘪三样儿，我当时就看清了他是什么玩意儿。早中晚都要和他碰面，太过分了。他吃相也很恶心。上完茅坑从不洗手，可这一点儿都不妨碍他从筐子里拿面包吃！他总是满嘴含着食物就开始大放厥词，而这时我只好认真计算抛物轨道——抛物轨道是物体被抛出后在空中划出的线条（即抛物线）——好让自己的杯子里不至于落入悬浮物。

母亲会对我吼着说："日耳曼，别左摇右摆的。你怎么了，这么攥着杯子干什么？你就不能松开？没人会偷！啊！卡尔蒂尼先生，您是不会明白的！小孩儿真是难缠！……"

"查泽太太，叫我让－米吧。所有朋友都管我叫让－米。"

"我可不敢……"

"假如我要求您这么呢？"

"那好，要是您喊我雅克琳娜的话……那么……日耳曼，早晚得给你一耳光。”

"雅克琳娜？这听起来怪'傲娇'的……倒很适合您……
有这么一个漂亮名字，您一定很自豪吧？"

"噢，确实是。"

这倒是我头一次听说，因为母亲总跟她的女性朋友们说：
"'雅克琳娜'听上去很平庸，我更喜欢'雅琪'。"

那个傻货还一味地奉承她，说她饭菜做得一流，在米其
林应该也能算得上星级厨师了……应该把她列入世界六大奇
迹才对。两人就这样"你投我以毛刷，我报你以抹布"起来……
没过几天，吃饭时他们两人就暗送秋波，已经顾不上说话了。
起初，我很满意，再也用不着为我的盘子和杯子当守门员了。
可是，别看我只是个小孩儿，但我不瞎。母亲起身去取面包
或者装酒时，我发现他目不转睛地望着她，表情就跟哈巴狗
眼睁睁看着饭盆被端走似的。他尤其还会偷偷地瞅她。

有时候，刚一吃完餐后奶酪，他就跟烤盘上的玉米粒似
的，在椅子上抖着腿翻来覆去。最后，他终于开口说道："我
从我巴黎的工厂里带了几件漂亮玩意儿。您要不要看看？"

"很乐意。可是让－米，您知道我买不起……"

"饱饱眼福也好呀……"

母亲回答说："那么好吧！……"

于是，他赶紧跑回空地的尽头。回来时拎着一只大行李箱，上面印着"布洛达尔＆卡尔蒂尼兄弟公司——巴黎高雅正品——饰品、珠宝"等字样。他去哪里，这只行李箱就被放在那辆西姆卡小货车的后斗里，跟他到哪里。

母亲早已清理好了饭桌。卡尔蒂尼把他的箱子放在桌子上，开始拿出他的菜市场廉价货向我的母亲炫耀。

"来，试试这条项链。这可是真的镀银，您瞧这牌子。试试嘛！别怕，就是试试看什么样了　　戴上　定会衬托您的胸部。"

我在想，他为什么非要说衬托胸部呢？因为卡脖链也牵拉不到那里啊，只有马汀尼项链才会垂到胸口呢。

总之，卡尔蒂尼殷勤备至。他紧贴着她，从后面替她戴上。

"稍等，雅克琳娜，稍等，我替您戴上！……"

好像项链很难戴似的，他非要在母亲背后捣鼓上一阵子。母亲咯咯笑起来，他则面红耳赤，说话时嗓音沙哑得可笑。

母亲最后对我说："瞧，日耳曼，到上学时间了，怎么还不走呢！"

这便说明她心里有鬼，因为平日里她才不会在乎我去不去上学呢。然后她还用一副温和可笑的口吻说："走吧，走吧，别迟到了，啊！"

而我心里想：女人真是没品，只要一串项链就能让她们变成另一副脾气。

我们小孩子就纯洁无瑕。

二十三

没用多久，这个卡尔蒂尼就开始拿自己不当外人。他来住半个月，离开三天，然后再回来，就这样任意往返进出我们家中。他的腿在桌子底下越伸越长，在沙发椅上的坐姿也越陷越深。他还扬言要对我严加管教。

于是开始给我下命令，诸如"去把你的房间收拾好""把餐具摆好""别烦我""回去睡觉"之类。他对我母亲也开始以你相称，并且乘势对她放肆起来，动不动就说什么"焖肉做得太咸了""拿听啤酒来",或者"这咖啡还能喝得上吗"这种话。

我的母亲是匹好马,这没错,只是你不能拽她的马嚼子。我们家的人可都是暴脾气。不知道是不是跟你们讲过,我长得壮其实也是随她。当然了,她的身材更女人一些。但我们身上一样健硕没有赘肉。卡尔蒂尼比她还矮半头,要想说了算,这个身高可不行。

简而言之,该来的一定会来。这是命运的规律,这个规律,我发现,同样适用于糟心事。

一天晚上,我已记不清楚事情的起因,他给了我一巴掌。母亲虽然没有护犊子的秉性,可是她有产权观念。只有她自己有权打她的儿子。她说道:"这孩子不是给你揍的。"

"闭嘴!"卡尔蒂尼回答说。

"嗯?什么?怎么?"母亲问道,"你在跟我说什么?"

"我说什么,你听得很清楚。别来烦我,我在看球。"

母亲关掉电视机,卡尔蒂尼嚷道:"给我打开,妈的!"

"没门儿!"母亲回答说。

卡尔蒂尼丧心病狂,他边吼边站起来。

"'狗娘养的',看来你也想找打了。"

说着,噼里啪啦,他来回抽了母亲两记耳光。这可酿下了大错。

母亲面色煞白,一言不发走了出去。她径直朝车库奔去。回来时,她提着一把钢叉。我的母亲操起一把钢叉,这可不是闹着玩儿的。尤其是她还把钢叉顶在他的肚子上,说话时语气不紧不慢。

"带上你的东西,滚!"

卡尔蒂尼还想逞能。他扬起手,向前一步,想要威胁,像是在说:"怎么还不够吗?还想再挨一巴掌吗?"

母亲"嚓"地一下向他大腿的肥肉刺去。像斗牛似的,轻轻一下,刺得非常干脆。卡尔蒂尼流着血,大吼道:"噢!'婊子''贱货',疯了吧你?!"

母亲回答道:"好像是吧。"接着她又说道:"我数到三。一——"

卡尔蒂尼从餐柜上拿起西姆卡的车钥匙,一瘸一拐,倒退着朝门口走去,嘴里却在说:"想好了,雅克琳娜!想好了,要是我走了,你可再也见不着我了。"

"已经想好了。二——"

"我原谅你！"

母亲举起钢叉，稍稍往高处对准了一些，继续数道："三——"

卡尔蒂尼语无伦次地按照刚才的顺序重复了两三遍"噢！'婊子''贱货'"。随后朝路上跑去并逃走了。

他上了车，不忘朝我的母亲亮出一只拳头，吼叫说："事情不会就这么完了！"然后一溜烟儿开车走了。那天早上，斗棚被拆卸了下来，于是没能被拖走。

几天以后，时任市长的索尼埃来见我的母亲。

"嗳，我来找你，是因为有个叫卡尔蒂尼的打电话到市政府说，你任意扣了他篷车的斗棚。"

"对。"

"他想要回去。"

"让他来取，"母亲说，"我会好好款待他的。"

"你看上去充满敌意，雅琪，你有什么怨言吗？"市长问道。

母亲回答说："他打了我儿子。"

"啊！……"市长道。

"也打了我。"

"哦？"

"你打算怎么办？派警察来抓我？"

"可是为什么要叫警察来呢？！……你不是说，如果这位先生来的话，会受到很好的款待？不是吗？"

"我是这么说了。"

"你在我面前没有说过威胁他的话吧？"

"一句都没说过。"

"这样的话，这是你的私事，与市政警察无关。你完全有权好好款待你的朋友。"

"没错，"母亲说道，"我们国家可是共和国。"

"那么，就这些事。啊，不，既然临走前想起来了……我想问你家是不是碰巧有根钢叉啊？"

"在车库里。"

"你能借给我吗，借两三个月吧？"

那个懦夫曾经连续几个星期每天晚上都给我们打电话威

胁我的母亲。然后打电话的频率越来越低。最后就干脆不再打来。

"雅琪，要是他找回来，你怎么办？"左邻右舍的妇女纷纷问我母亲。

母亲回答说："那就干一架。"

她不是一个善于表达的女人。

二十四

篷车的斗棚先是成了我嬉戏玩耍的小屋，接着变成了我的'炮房'，用起来真是非常方便。最后，有一天，我决定把它改造成我的住宅。

主要是因为我的母亲已经变得让人无法忍受。

实在令人无语，在她六十三岁那年，她变得越发容易失控。她只跟她的猫讲话，而且还都是重复同样的话。除了那些杂志，她对什么都漠不关心。她成天从上面裁剪各色的美国男明星并把他们贴在我们的家庭相册中用来覆盖家人的照片。对家人们，我原本就没有多少记忆，对唯一记得住的一些人，其实我也无所谓。但是，用文明点儿的话坦白说，看到汤姆·克鲁斯或罗伯特·德尼罗被贴在外祖父或乔治舅舅的照片上，让我觉得瘆得慌。

我问她为什么这么做，她回答说："我看腻了他的鲨鱼脸。"

"你是说舅舅还是外祖父？"

"两个人都是。两个人都是蠢货，谁也不比谁强。"

我最后的结论是，摆脱父母越早，铁定越好。愿我主原谅我如此的忘恩负义，我主他的母亲是个圣母，所以没什么可比性。

我说的父母是指那些像我老母亲那样多多少少带有心理缺陷的凡人。

在大自然中就不会遇到这种问题。据我所知，麻雀翅膀硬了以后，用不着每个周末都得归巢吃饭。父母也不会不厌其烦地喋喋不休：你看都几点了？你去哪儿了？进门前先把鞋擦干净。动物可比我们精明多了，虽然它们被称作愚痴的畜生。

当然了，该搬走的是我，我搬离母亲她老人家就是了。可是，由于她健康状况不佳，我还是留下来观察了一些时日，万一房子会腾出来呢。此外，我也跟你们说过，我还有个菜园子得照看呢。你们八成不知道，我可以告诉你们，菜园子可比什么狗屁脐带情分更叫人牵肠挂肚多了。我这么对——堪称神圣的——血亲关系大放厥词，愿上帝不要和我计较。

可是，于连常常说："你白费力气，日耳曼，你妈就是你妈。一个人一辈子就一个妈。等她走的那天，你第一个哭得稀里哗啦，你瞧着吧！"

这让我很不服气。

母亲死了我会哭？啊，绝不可能！我心想。她只是生了我而已，而且还是因为没发现怀上了，才没把我堕掉。我在她肚子没待多久就出生了。就为这个，还得哭她一场不成？

公平正义何在？

如今我知道，不是什么都可以得到解释。

例如情感就是非理性的东西——参见"非正常""疯狂""无缘无故"等词。母亲的存在就像是鞋子里一块硌脚的石子儿，说不上很严重，但足以毁了你的人生。

因此，一天早上，我决定搬走。压死骆驼的最后一根稻草是，我看见她在厨房里训斥一群蚂蚁，她怪蚂蚁在洗碗槽里留下了爪痕。

听到这里，我心想："是的，她已经无可救药。"

我心想："让她去死吧！好吧，这下子，我非走不可。"

我做出这个决定就跟撒尿一样不假思索。其结果也跟撒完尿后一样，让人感觉无限放松。

晚上，我跟哥儿几个在酒吧聊起了我的决定。我很满意。我说："我从家里搬出来了！"

朗德洛蒙向空中举起双臂，说道："哦！操！真是奇迹！这么说，一切都想好了，终于下定决心了？"

"是，都想好了。"

"你打算睡哪儿呢？"

"那个篷车斗棚里。"

于连接过我的话说道："篷车斗棚里？……好吧，也好，不算差！我原以为它早就不能跑了呢，看来还可以……你打算停在哪里？停在宿营地那里？"

"我哪里都不停。它本来在哪儿，我就住哪儿。"

乔乔大笑起来，朗德洛蒙则用手捧住额头。

于连说："噢？我没听错的话，你是说从房子里搬出来，到空地尽头去住，对吧？"

"是又怎么样？"

于连摇了摇头。马可说："咱们日耳曼现在是彻头彻尾解放了！……"

"解放了，倒未必。疯了，倒是真的。"

他们都大笑起来，我尤其笑得最欢。笑是我对别人的话不明就里时摆脱窘境的一种方式。不过，我当天晚上回去做饭时又仔细想了很久，也不太明白那些傻货们有什么好乐的。我从我的房间里搬出来住进艾瑞巴篷车斗棚，有什么问题吗？真正的距离是心灵的距离。去花园尽头住，可以说是一个象征性的举动。假如当时我手头能甩出这个词的话，我就会这么跟他们掰扯。是的，我会完全照这个道理跟他们掰扯掰扯。

住篷车斗棚是一种象征性的举动。

而且说搬就搬，因为近啊。

二十五

有一次——我已不记得为什么——玛格丽特问我："日耳曼，您的母亲还健在吗？"

"在，还在。"我回答说。

我本想加一句"很不幸。"可是我猜玛格丽特对我们家这种情形肯定无法理解。而且，这时她还叹了口气："啊，您很幸运……"

这让人该怎么回答呢？

很显然，她这个岁数的人，想必已经丧母很多年了。我想，她也许仍然会怀念母亲这种东西吧，老年人丧母后可能一样会有种沦为孤儿的感觉吧。

想必是这样的，因为她坚持要为我读一本书："写的是关于母爱的故事，您一定也会觉得故事非常感人。"

书的名字叫《黎明的承诺》。

开始我并不太理解关于那些神灵的故事，而且那些神灵的名字又都很奇怪，一个叫托特氏，还有别的，叫什么来着。随后，讲到主人公说他十三岁就有了自己的志向时，我才开始觉得这本书有些意思，只是他的志向不是画玻璃，而是当作家，不管怎样作家也算得上一份差强人意的职业吧。

玛格丽特为我读了一小段。

我跟她说故事编得不错。

她摇着头说："其实这是一本自传。"

"是噢。"

"换句话说，作者写的是他的童年，他的母亲，他自己的事，还有他当空军时参加过的战争。他写的是自己的一生。"

"好家伙！"

"别不信，我可以肯定地告诉您……他描写了自己的经历和感受……"

"写他对着他母亲的坟墓像狗一样吠叫那一段也是？"

"'像狗一样对着……？'……我不记得是哪一句了……啊，对。想起来了……我想他是这么写的……稍等，稍等，我确认一下……"

她像洗牌一样用大拇指外侧唰唰唰地一页页翻着书。

这时我想，她在唬人呢，不可能阅读速度这么快吧，而且还不用把书全翻开。可是，千真万确。她突然停住，对我说："找到了。'我们总归要像被遗弃的流浪狗一样回到母亲的坟墓前吠叫一通！'对，确实有这一句……日耳曼，您的听觉和记忆力真好，您真是让我刮目相看！"

"其实吧，我尤其记得住听到过的东西……"

此时，她又自我陶醉地把这个段落默读了一遍。我要求道："您能读大声一点儿吗？"

"当然可以。这段写得很美，所以我更乐意大声朗读了。您听：'年轻时早早儿地就得到爱，并非好事。这会滋长我们的坏习惯，让我们误以为得之轻巧，随时随地就能得到它，让我们以为它可以失而复得。于是，这爱便成了我们的全部冀望。我们只会袖手旁观，只知道期望和等待。所谓母爱，不过就是我们在人生的黎明时分便收获了，但日后却无法兑现的承诺而已……在随后的余生中，等待我们的也只是一席冷宴。'"

"原来题目是这个意思。"

"嗯？"

"题目'黎明的承诺'原来是这个意思。因为生活最初给我们的承诺往往难以兑现，因为这个，所以这本书叫这个名字，您不觉得吗？和母爱有关。"

"还真是呢！的确是！不可思议，我以前读的时候怎么没注意到这个重要细节呢？"

"您可以一直读到狗那里吗？"

"一直读完这一章会更精彩。"

"好的。"

"自此以后，每当有女人将我们拥入怀中，让我们紧贴她们的胸口时，那也不过是一种我们对早年岁月的悼念而已。我们总归要像被遗弃的流浪狗一样回到母亲的坟墓前吠叫一通！"

"您看，这里写着像狗一样！"

"再也体验不到了，再也体验不到了，再也无法体验了。日后再有可人的臂挽住我们的脖颈，再有温软的唇对我们谈起爱时，我们的感觉也只是身居中游。我们早早地便体验过源头的滋味，便尝尽了上游的一切美味。当我们再次感到口渴时，我们无论怎么四处挣扎都无济于事，我们再也遇不到那最初的泉眼，我们所见无非幻影而已。"

"他是飞行员所以才这么说？"

"什么？"

"您不是说写这本书的人他是飞行员吗？不是吗？"

"是，是，确实是。"

"他是飞行员所以才在书里写到了幻影？"

就好像我说的是火星语似的，玛格丽特说道："对不起，日耳曼，我没太明白……"

"幻影是一款飞机。"我说。

"噢，这我还不知道呢……"

"这个嘛，您也不可能什么都知道。"

"说得对。幸好是这样。否则我会觉得无聊的。话说回来，在小说里，作者可能使用了'幻影'这个词的另一个定义。或者用您也许更习惯的讲法，可以说作者使用了'幻影'的另一个意思。幻影，是一种光学幻觉。夏天天气炎热时，我们总会觉得公路中央有一洼水，您明白了吧。"

"啊，明白，明白。"我回答道，"您这么说，我想起来了。是的，我也注意过。"

"因此，罗曼·加里谈及爱时，写道：'我们再也遇不到那最初的泉眼，我们所见无非幻影而已'——意思是，看上去好像是爱，但其实并非如此。只是一种幻觉而已。"

"这是一种表达方式，对不对？"

她把书放在膝盖上，说道："是的，确实是一种表达方式。这种表达方式是一种比喻修辞。"

"一种比——喻——修——辞？"

"是的，比喻修辞。是一种画面，这么说您可能更容易理解。"

然后，她将手指放在嘴边，"嘘"了一声，继续读道："我并不是说应当阻止母亲爱自己的孩子。我的意思是，当母亲的最好能够把爱分一些给别人。我的母亲假如有过自己的情人，我就不至于终生都要守着泉水却要干渴而死了。我的不幸在于我见识过真正的钻石。"

我心想尽管这位加里先生和我从小都没了父亲，尽管我们的母亲都是烟鬼，但看起来，我们受的教育毕竟不同。

我甚至觉得他有些夸大其词。像他那样爱自己的老妈，那是不可能的。

玛格丽特也陷入了沉思，一脸满足的神情。她低缓地重复着："再也遇不到那最初的泉眼，我们所见无非幻影而已……"

"要是正好相反呢？"我评论说。

玛格丽特扬起眉毛。

"正好相反？"

"要是泉眼是干枯的，要是压根儿就没有过泉眼呢，我也说不清。反正，您明白我的意思吧？"

"您是想说，要是从来都没被爱过？"

"假设吧。事情会怎样呢？"

她思索了片刻，然后对我说："这么说来，要是您……我是说假如有人童年时没被好好爱过，那么从某种意义上说，他还有一个全新的领域有待发掘……"

"这么说，其实这样更好。因为您的这位加里，他谈到女人时，好像完全已经麻木了。只凭他像在坟墓前吠叫的狗这一句，就让人呵呵了……这个家伙他是不是多少有点抑郁症呢？"

"他最后自杀了……"

"这就是了！我说什么来着！要我说，要是让我的母亲去虐他一虐，他可能不至于走到那一步！"

"您的母亲很严苛？"

"我的母亲？她根本不在乎我的教育。"

玛格丽特收起书，叹了口气，说道："我很同情您，没有什么比冷漠更糟糕了。尤其是一位母亲的冷漠。"

"咳！又能怎么样呢，她就不是当母亲的那块料。"

二十六

玛格丽特没生过孩子。但是我相信，她要是有孩子的话，他们有这样一位母亲一定错不了，她可以拿着两根试管教化和培育他们，也可以跟他们讲讲加缪的故事——只是故事写得太长了。不过，玛格丽特的孩子并没有出生，所以他们自然不知道自己错过了什么。而我则恰恰相反，想必你们明白我的意思。我因偶然来到这个世界上，靠习惯待了下来。

人们只有懂得善待孩子才可以生孩子。作为一种羁绊，孩子比狗牵扯你精力的时间跨度更久。你还不能把孩子拴在路边就开溜，除非你想坐牢。我是用这个画面打个比方，你们懂的。

不过，在遇到玛格丽特并与她聊过人生后，我改变了对母亲的看法。谈不上对母亲产生了亲情之爱，并没有那么夸张。说可怜她，倒是真的，我是说出于一种对人的怜悯。她和我，我们曾一味相互怒骂——尤其是她，一味朝对方隔墙挥舞拳头——尤其是我。但无论如何，她毕竟是我的母亲：于连的话叫我不爽，可是他说得没错。可以肯定的是，她对我那么做不是故意的。像阿尔及利亚人不慎染上了鼠疫一样，她无意中怀上了我。我是一起事故，一个错误。但无论如何，她都本该好好爱我，请你们不要无视这一点。继我之后，我周围的人，他们身上也发生过几起类似的事故。例如于连和我们聊起大卫时就总是说："我那儿子是我们平安夜一不小心搞出来的累赘。"

但是有目共睹，他对他那个儿子全身心地溺爱着。

我没有孩子也算是走运。这么说话算是我的一种表达方式吧——虽然表达得未必到位。我觉得其实我也想有个孩子。有时，看着阿妮特，我心想，她要是怀孕的话一定会很美丽，而她抱孩子的样子则美上加美。我是说假如她抱的是我的孩子的话。可是，我能给这个孩子什么呢？就我这样一个四十五岁以前从未碰过一本书的家伙，直到四十五岁才收到了一本加缪的《鼠疫》。就我这样一个不出三个词就得爆出一串粗口的可怜虫，我甚至没有任何职业技能，要是成为父亲的话，对孩子来说无疑就是一场厄运。

除了带他去钓鱼，除了告诉他雕刻时怎么看木头的纹理和结节，我没有什么可以教他的。我不是一个好的榜样，我不知道怎么抚养他长大。

不过，我知道，阿妮特很想怀孕。有时候，在床上，她把我的手放在她的肚脐上，在我耳边说："今天，让我怀上一个吧？"她贴着我，甜美而热烈，像枕头一样柔软，别说一个，让她怀上十个都行啊，我相信我也会好好爱他们的。

二十七

阿妮特曾生过一个孩子，但是因为得了什么混账病而夭折了。我没有问过细节，她从来也不说。虽然身为男人，可是我觉得能够体会丧子对一个女人意味着什么。从那以后，她总是泪眼汪汪，泛滥的爱充斥着她，无处发泄。也许正是由于这个缘故，她才如此美丽吧。悲伤有时渗入我们的体肤，让我们变得柔顺而温和。当然了，我的母亲是个彻头彻尾的反例：她像腊肉一样坚韧，像砂纸一样强硬。

但是话说回来，生活对她也的确毫不留情。她怀上了我这么个累赘，显肚子时就被家人骂作"婊子"并赶了出去。由此可知，她的母亲肯定也不是块当妈的料。

也许就像玛格丽特谈起科学时说过的那样，母子之爱也是遗传吧——遗传是指我们从父母那里继承而来的性格与特质的总和。爱，那不是我的母亲身上的特质。

我还记得小时她是如何跟邻居大妈讲述我的生产过程的。

"耗了我十个小时。遭了十个小时的畜生罪。出不来，他太胖了。五公斤整，你们想象得到吧？！五公斤！瞧，就好比我肚子里装了这两升牛奶，再加上一袋糖、一袋面、一斤黄油，瞧，再外加这三颗洋葱！啊！真是受罪！可是十斤啊！最后用钳子把他取出来的，我还被缝了好多针！所以，生了这一个之后，就再也不愿生了！尤其想想生下来后给我添了这么多麻烦，而我又得到了什么好处呢！"

听到这番话后，我有一种负罪感。看着桌子上摆着的那堆吃食，什么奶、糖、洋葱还有一筐子的囤货，我就头晕目眩，脑子里不停地闪现着：五公斤，五公斤，十斤，五公斤……

我真想缩小并消失。

可是，生活却好像故意捉弄我似的，我越是想少占一些空间，越是浑身上下都在长大。尤其是我那双脚。现在想来，母亲每个月都得给我买一次鞋，她没少为此嘟囔。

"你知道你多费钱吗？要是再长，你就赤脚去上学吧！我把话撂这里，让你赤脚上学！"

我不是没有试过像小脚老太太——我看过一个这方面的纪录片——一样，使劲儿蜷缩脚拇指，但鞋子还是会把我的双脚挤得疼痛难忍。而且，反正早晚都会磨坏，都会在某天清早穿鞋时，不偏不倚地从拇指上方、从鞋底下或者沿着针脚从鞋帮那里挣裂。

于是母亲大喊起来，说她早就警告过了，说真他妈的不可思议：那几乎还是一双才买的新鞋呢！我一定是故意的！

我唯一的目的，可能就是给她添堵。除此之外，百无一用。

然后，她叹着气，瞅遍了所有的针脚，确认实在不能再穿了，才把我拽到"鞋之宫殿"。她把我推进去，喊声盖过了钟鸣。

"布赫戴尔先生！布赫戴尔先生！"

鞋店里面那位三寸丁隔着珠帘回应道："来了！来——了！现在就为您效劳！"

他一下子从店铺深处钻了出来，就好像一只胖蜘蛛想要吞下一只苍蝇似的，表情贪婪地冲我走来。我很不喜欢这个家伙。

我用不着自己脱鞋，他会亲手替我服务。他汗流如牛，手掌都是湿的，一边捏着我的脚，一边说："啊！长着一双大脚！一双大脚，这没跑！咱们量量看，咱们量量看……是39还是40？呃！对，是40！……这个岁数就40，真不错！要是继续长下去，看来得为这个大小伙子专门定做了。"

我要是打得过的话，一定会给他一拳。可是，我才十岁，没戏。等以后我打得过的时候再出手更好一些。不过，和大象不同，人老了以后，报仇的意愿会变得和缓很多。

母亲总是选最便宜最丑陋的。

"布赫戴尔先生，给我拿双结实的，这次怎么着也得给我更耐磨些才行……"

这话说的，就好像这鞋是她穿似的。

三寸丁揩着额头上的汗水说道："您来得正好，查泽太太！我刚进来一款新货，您准保会说好！全新款，到脚踝，合脚，鞋底是合成材料的，而且是意大利进口的。"

"噢，那么，"母亲道，"既然是意大利进口的，我就买了。不过，您知道，什么到那位脚底下都撑不久……"

"那位"，是指我。

布赫戴尔从他那堆卖不出去的囤货里踅摸了半天，回来时一副虚伪的表情，告诉我们我运气好，因为正好就只剩下我的码数了。

"您会发现我所言不虚！是不是今年时兴，您瞧着吧，小伙子们可喜欢着哪，很有运动风！"

说着，他从灰色还是栗色的盒子里掏出一双粗笨的鞋子，给神甫穿倒很合适。他想强行给我穿上，对我说道："孩子，别缩脚，把脚跟往里踩。这……样，就这样，好了！嗯？嗯？

我说什么来着？他就得穿这个 40 码！……”

母亲说：“走走看看？”

她耸了耸鼻翼，摆出一副不太满意的表情，然后很不买账地摇摇头。最后她说道：“这样吧，给我拿更大一码的，这样给我留的余地会更大一些。”

于是，我脚上踩着一双过大的鞋子离开了鞋店，这双鞋我一直穿到挣裂。

不管怎样，我们关于童年的记忆还是有些趣味的。比如说，那双大鞋，起初我感觉浮在它上面，脚底下直冒热气。后来，它又把我的大拇指磨出了水泡。除此之外，我的裤子也短，总有一段脚踝露在外面，常常引来同学们的嘲笑：“唉，查泽！你家地板着火了吗？”

每月去一次米蕾耶发廊理发的事就更别提了。那是个给我母亲染发、给老奶奶们烫发的地方。我前脚刚迈进去就觉得丢死人了。别的男孩儿去的都是他们的爸爸理发的梅纳尔男子发廊。我没有父亲，所以实属不幸，就只配让女理发师帮我理发——我这么说，也是一种表达方式。

她们让我坐在挨着橱窗的扶手椅上。我那时感觉整个镇子的人都在街上溜达，都能看到那几绺毛儿湿答答地贴在我脑袋上，还留了个中分。学徒工在我肩膀上包了一条粉色的毛巾，我能感觉到她的大奶子贴在我的后背上，这还差不多。

然后就开始用剪刀给我剪头发，而不是像班上的其他男孩儿那样用电推子推。剪过的效果不见得丑，可是离开发廊时，我总觉得自己很可笑，所以每次去理发都像受刑似的，虽然表面上死不了人。可是，我觉得是会死人的，羞辱也能杀人，就像温水煮青蛙。

当然，我不是班上唯一一个穿得差的。但是，只要你没发现别人也悲伤，他们的悲伤就对你起不到任何慰藉作用，你照样觉得很孤立。有时甚至是雪上加霜。

朗德洛蒙很喜欢转文，他常常说一句话："杀不死你的会让你更强大。"

这么说，要么强大，要么去死，这就是人生？反正你得跟蠢货似的做出选择就是了。

二十八

母亲和我话不多，我们都躲着对方。我会时不时瞅一眼，看她的门是不是开着，看她是不是晾衣服了。除此之外，不用见到她，也能知道她在做什么，想想就能知道。早上八点她会穿着睡衣下楼，脚上不穿袜子，只趿拉着双棉拖鞋。她先冲一杯无糖咖啡，然后看着连续剧抹点儿咸奶油把前一天晚上的面包吃完。早饭后把碗洗好，上楼打扮得漂漂亮亮的，再下楼时显然是擦了芮谜眼影，涂了口红，喷了香水。我的母亲喜欢香水。她总是要在身上喷洒一些，但是不会喷得太浓。幸好还能让人喘口气，要是喷得太俗气，那可要烦死我了，她毕竟是我的母亲。她会在门口的镜子前整整头发，脱口而出一句："唉，这张老脸。"或者"今天早上怎么是这副气色。"接着叹口气，然后就出门买东西去了。

她看上去根本不像六十三岁，看上去要老得多。是孤独所致。

再就是，可能也和每天两包烟有关系。不过，她知道吸烟有害健康，"吸烟有害健康"的警告在扔掉的烟盒上可是明明白白写着的呢。

从杂货店回来，得走一里路。她到家时已经气喘吁吁。

我小时候偶尔会提醒她："妈妈，你不该抽烟。"

她则回答说："你对我来说比抽烟有害十倍。所以别来给我上课！也别喊我妈妈，你明知道会让我烦。"

我说："是的，妈妈。"

她以为我那是故意挑衅。可是雅克琳娜或者雅琪这几个字，我说不出口。我试过，但就是喊不出口。要么喊她妈妈，要么什么都不喊。

可什么都不喊又不可能。

二十九

弗朗席娜那边发生了一些变故，我是指弗朗席娜本人，不是指餐馆。

一天晚上，我大约七点钟来到餐馆。弗朗席娜一个人在吧台那里擦酒杯。我双手撑着吧台的桌面，弯下腰，亲了亲她。我说："你好！一切都好吧？"

我立刻意识到这个问题问得不是时候，因为靠近时，我发现弗朗席娜鼻子和眼睛通红，并不在状态。

我改变了问题的语气："你好！不在状态吗？"

"不太……"她低声回答说。

"病了？"

她连说："没有，没有。"

"那么，到底怎么了？好像失去了亲人似的……"

她放声啜泣起来，并跑着去了大堂后身。

我大惊失色——参见"神情慌张"一词。

乔乔从厨房出来，打着手势示意我闭嘴。

我小声问："怎么了？"

"尤赛夫走了。"

"走了，去哪儿了？"

"啊！我不知道。反正，就是走了。昨晚打烊时他们吵了一架。他找了个小女友。弗朗席娜难以消化这件事，所以最好别伤口上撒盐，你明白吗？"

我当然十分明白，三年来我们一直打赌他们这段故事能维持多久。弗朗席娜都这个岁数了，说实在长相还算可以。只是，她如果生孩子早的话，完全可以当尤赛夫的妈了。两人相差十六岁，想想吧！她还喜欢吃醋！从来都无法忍受有女孩儿靠近了瞧一眼她的男人。

尤赛夫不是个滥交的人，但是一个男人在这方面受到诱惑，也是人之常情。只要他注意卫生，咱们就无可厚非。

乔乔补充道："我跟你说，咱们私下说，你别告诉别人，嗯？那小女友是史蒂芬妮。"

我说了声："啊，操！"

他说："可不是呢，嘘！"

史蒂芬妮还是个小女孩儿，刚十八岁，甚至还不到。

是弗朗席娜在客人多的时段把她招来帮忙的。我这么说并没别的意思。

弗朗席娜吸溜着鼻子回来时，我尽可能安慰了她一番。

"他跟他的史蒂芬妮迟早会腻的，你就瞧着吧！而且尤赛夫安逸惯了，他太安于现在的生活了。听我的，他很清楚金窝银窝不如自己的老窝好这个道理。"

弗朗席娜用怀疑的表情看着我，"哦"了一声，又突然大哭起来。

乔乔摊开双手说道："操，反正，你他妈的真行！"

我说："咳，正常，能帮一把就帮一把。"

然后，我继续安慰弗朗席娜，告诉她虽然她现在可能已经无法让男人为她吃醋，但重要的是她的内在美。我给她举马西永先生和他那辆1956年产黑色西姆卡－凡尔赛的例子。那款车看上去也许像一艘笨重的游艇。可是笑话归笑话，最后他的凡尔赛开价开到了7000欧元！

弗朗席娜哭得一塌糊涂。

女人就是这样，得让她们宣泄个够。最后我把她丢给了乔乔，因为只要我说句什么给她打气的话，她总是哭得更厉害，这让我很尴尬。有些人就是不听劝，但是这也怪不得他们。

乔乔让我先别那么快回来，尤其在她平静下来之前。

我告诉他别担心，我还要去买东西。

"好，去买吧。别着急赶回来。"

我把弗朗席娜交给了他。自打这件事之后，我彻底陷入了沉思。

别人的悲伤，说到底对我们也是有好处的。因为只有这样，我们才意识到我们没有遭遇他们的不幸，是多么走运。但是想到可能好景不长，我们也会感到忧郁。

由此我又想到虽然状况完全不同，但是阿妮特和我迟早也会面临相同的结局。她三十六，我四十五。我迟早会无力应付。

我想着这件糟心事走进了优超。

三十

阿妮特和我，我们不用约，用不着。我有时赶上她在家，有时她不在家。对我来说，都没什么。我们是自由的。

自由是我很看重的一样东西，虽然我不太知道如何支配自由。

我很在意自己的独立性，尤其在和女人的关系这方面，我所谓的关系当然一方面是指人和人之间的关系，但是也特别指狭义上的性关系。很长一段时间，我一直都觉得女人很难缠，在缠绵之后，当你只想安静一会儿时，她们却唠唠叨叨。

"你爱我吗？你在想什么呢？你想我时，想我什么呢？我不在时，你想我吗？"

应该说我看不出爱和"打一炮"有什么不同。她们刚刚得到了我的精华，除此之外，她们还想要什么别的爱的证明呢？

那句"你爱我吗？"尤其让我觉得窒息。你们知道，我向来对辞藻的使用持怀疑态度。"爱"是一个很强烈的字眼，得学着习惯它。如果从小你就听惯了别人成天跟你使用这个字眼，它于你而言当然也更容易说出口。可是，假如在你成年很久之后才第一次听到这个字眼，它会卡在喉咙里，很难脱口而出。

你们也发现了，通常来说，女孩儿和我们不同。她们爱的方式很黏人，她们缠绵起来就跟给你上手铐似的，让人想——反正我会——立刻逃跑。这么说来，我的阿妮特就更加让我觉得珍惜了。我是个不大可能会让人心生激情的人，而她能喜欢上我，这已经难能可贵。此外，她还不寻求我也爱她——参见"相互"一词。

她和我之间没有要平等对待这层担心。

有一天，她对我说："有你这么个人，是我的幸运。"

我问她："为什么这么说？"

"因为我爱你。"

换作你们，会如何反应呢？

从前，听到这些傻话，会让我想笑。我会在晚上喝开胃酒时把这些话当成谈资。但是，她跟我这么说的那天，我恰好刚刚对人生和其他事情进行过一番思考。她与我做爱时，我发现我在情感方面发生了新的变化。于是，我也不插话，只是听她表露心声。我一本正经。文明点儿说，我意识到自己开始明白性与爱的区别。顺便说一句，对于那些看不出有什么区别的人而言，其实很简单：如果是爱，事态会变得不再那么好玩儿，甚至会变得很严重。想到另一半，你就会忧郁起来，并自言自语道："噢，栽了！"

相信我，这很让人害怕。

我内心的台词由平常说的"打一炮"或"爽一把"，变成了"我要和阿妮特做爱"。其实，在我内心出现"做爱"这个字眼时，我原本就应很快警觉才对。

"做爱"是娘们儿使用的字眼。我觉得，换作以前，自己是绝对说不出口的。事实证明，永远都不能把话说死了。

我眼前还会随时突如其来地浮现出诸如她头发汗涔涔贴在耳边的场景，她兴奋时轻咬双唇的表情以及她微微呻吟的模样。在云雨时刻之外，我也会想起她，并觉得她很美。更奇怪的是，在做完之后，我不再立刻提裤子下床，而是安静地躺着，任她的脑袋靠在我肩膀上，我不想马上离开，也不想马上把她推开。这时我意识到坏菜了。我心想，应该小心为妙。不能让她觉得我和她在一起很舒服。反正就是不能向她袒露我的弱点。

朗德洛蒙说："一个男人没有什么能比跌入爱河跌得更惨了。"

我可以反驳说他言行不一。

其一，朗德洛蒙曾经狂爱他的妻子。其二，我跟你们说过，他是个傻叉。

三十一

起初，我对玛格丽特的态度十分谨慎，不想一下子就让她看出来我觉得她既有趣又能教会我很多东西。我也不想表现得和她很熟，而且这样正好，因为她对我也尚有些提防和矜持。她热情归热情，却一直对我保持礼貌，你们明白我的意思吧？

平常我会防着这号人。雅克·德瓦勒和新市长贝尔多隆就是这号人，他们往往把话说得复杂费解，用繁文缛节给你摆迷魂阵。这些家伙耍你时，不失礼貌，你还要对他们感恩戴德呢。

我教养不好，像街上人人喊打的流浪狗一样，也是被人用石块儿揍大的。（这不过也是一种表达方式，母亲虽说不正常，但还没到这步田地。）反正，这么说吧，我的童年很不容易。

因此，我有时显得很粗鲁。大家也觉得我很呆板，我知道。我想说什么时，话一出口可能就会让人觉得失礼，只要瞧瞧他们噘嘴的样子或者好像发觉什么东西恶臭难闻一样收紧鼻翼的表情就知道了。

问题就在于，我想说什么，不过是套用学过的词汇来表达自己而已。当然，这会带来局限性。也许正是因为这样，我总是直来直去的，所以导致我显得太过直白。一只猫变不成老虎，傻叉就是傻叉。我掌握的词汇就是这些个词汇，我也没办法。我只是在使用这些个词汇而已。反正天不会塌下来。

但我总归感到纠结。倒不是因为我每句话十五个单词，就有十二个是脏字儿。而是，有时用十五个词也仍然把意思表达得丢三落四。

朗德洛蒙说权力总是属于那些能言善辩的人。他显然是把自己也算了进去，因为他一脸满意地敲着桌子，抑扬顿挫地说："日耳曼，权力属于能言善辩者！……听明白了吗？

属于能——言——善——辩者！"

只是，太拿自己当根葱，也不会给他带来半毛钱的好处，又不是明天他就能统治世界。

他比我嘴巧，这不可否认。可是有什么用呢？说的都是废话。

所有这些是想说，即使玛格丽特对我没有任何冒犯，看上去人很热情，跟我说话也头头是道，我却仍然担心总有一天她会觉得我是个可怜的蠢货。不过，她跟我说话时从来没有看轻我的意思。

你们瞧，这才是待人之道呢。

三十二

你们无法想象，玛格丽特讲述自己的人生时，脸上洋溢着怎样的幸福！她的人生应该像蜜一样甜美，才会让她目光中充满了无穷的回味。

我的人生则味同排泄物，我说的当然不是猫屎咖啡。

玛格丽特涉足过地球的角角落落，她去过沙漠、大草原，还有其他一些地方。别看她身着碎花裙，腿脚跟蟋蟀一样脆弱，一副虔诚的模样，就以为她是一位修女、护士或者小学老师。其实不然，她曾经去食人族部落宿营，曾在蚊帐下过夜，想起来就让人觉得有趣。我望着她，心里想：这位老奶奶无论怎样都是个不简单的人。

她会跟我讲一些不可思议的经历，告诉我我们遭遇的一切人和事要么可以为我们提供经验教训，要么可以成为我们的榜样，总之能让我们长大。说到长大，我不需要再额外长大，我的身高从小就名列前茅。至于经验教训，我觉得我现在开始懂了。例如，要是什么都很容易得到，那又何来幸福呢？得给人一点儿要么是走了狗屎运、要么是天道酬勤的错觉，总之要显得稀有和弥足珍贵才好。否则，我看不出人生有什么意思。也许我这么说词不达意，可是我自己明白想说什么，这也就够了。幸福，在很大程度上是靠比较衬托显现出来的。

另外，对这世界上许许多多的人而言，幸福感就如同杰伐罗油鲇、大猩猩或臭氧层一样，也正在濒临消亡。每个人享有的幸运值不尽相同。要是相同那才怪了呢！

运气是无法"共产主义"的。

三十三

有一天，我向玛格丽特谈起最近困扰我的这一系列问题——我发现都是认识她以来产生的问题，不过这一点我却不敢告诉她。

我跟她说，实在是不由自主，这些关于为什么、怎么样的问题总是萦绕在我脑海，就像蒜香烤羊腿的蒜味儿一样会一直冒出来。

玛格丽特报以微笑。

我问："您为什么笑？"

"我笑您的问题真不少……不过，这是人的天性使然！"

我没敢向她坦言，这种爱问问题的天性在女性身上尤为突出，因为她们一次就能孵化出一箱问题，而且一天至少又可以孵化十次。

我不想冒犯她，只回答说："有就有吧，只要我想得出答案就行！……"

她摇摇头："怎么说呢，也不是什么问题都有答案！……但重要的是能提出问题，您不觉得吗，日耳曼？"

唉！在这个问题上，如果我说出自己的想法的话，那我们俩可要针锋相对了！

可是，又没法不回答玛格丽特的问题——这才是让人觉得不可思议的地方。你们瞧瞧……瞧她腰背挺直、双手平放在裙子上乖乖期待回应的样子，你们就知道了。"您不觉得吗，日耳曼？"这话从她口中说出来（假如是对你们讲话，"日耳曼"当然就会换成另一个名字），让人觉得是该好好思考一下她的问题了。妈的，想什么都可以！反正得动动脑筋，而且要赶快！因为要是一言不发，你会觉得自己有负于她，就像个平安夜空手而来的混账圣诞老人一样！

于是我回答道："可是，如果一直提出问题却得不出答案的话，我看不出有什么意义，这么说不是我吹牛。"

"我相信您肯定也常常遇到这种情况……"

"什么情况？"

"比如说吧……您不觉得有时候并非什么都得弄明白不可？比如说在聊天的时候？"

这时，我心想："这一天总算来了，她终于发现了，发现我是个可怜的蠢货。"这顿时让我感到一阵沮丧。

她接着说："就我而言，每当我遇到这种情况，我都渴望找到答案。我有一种'开荒综合征'。"

"什么？"我问第二个词是什么。第一个词，我是认识的。

她笑起来。

"开荒综合征。只要遇到一个问题，我总是要努力去梳理清楚了。"

说到梳理，这个词我也认识。比如说我种萝卜，也要梳理间苗。

玛格丽特继续说道："是的，是这样的：我什么事都想弄明白。对词语也是一样。我太喜欢字典了！"

"我也是。"我说道。

我这么回答是想让她高兴，想告诉她我无论如何还算不愚蠢。可事实当然并非如此，如果说有什么书籍让我头疼的话，那就是字典了。

她眼睛瞪得大大的，说道："您也喜欢字典？"

我很高兴这个回答让她满意。

"是啊，是啊……"我这样回答，却不敢继续添油加醋，万一她要考考我，看我是否从头到尾读过字典呢。

她只是点了点头。

然后，我们突然话题一转，聊起了鸽子和其他动物。最后，我漫不经心地从口袋里掏出一只用马可送我的苹果树枝雕刻的小猫。

玛格丽特喊了出来："啊……"

紧接着她又说道："真是漂亮！真漂亮！做得这么精致，手真巧！……"

我回答说："没有，这不算什么！"

她反驳说："不，不，我告诉您，日耳曼，雕刻得非常漂亮！"

我于是对她说："要这么说的话，给您了，我送给您。"

"不行，我不能要。"她边说边把手伸了出来，"您应该也是花了很多工夫的……"

我忙说："不，不，我雕刻这些东西只需一眨眼的工夫。"

我说的当然不是事实，因为这只猫是我至少花了两天时间才刻完的。尤其是耳朵和爪子的收工，很费时间。

我这么说，是为了让她不要拘谨。还真的奏效了，她没有继续客气下去。

有时，我们要是表现得很在意一件礼物，就会让对方无法坦然接受。我的母亲从来不肯送人东西，但她的话却很在理：送人礼物的方式比礼物本身更重要。

二十四

我不知道为什么要做这个，我是说从事雕刻木块儿这项爱好。十二三岁那年，搞到第一把欧皮耐尔刀后，我就开始了。我是在镇上的烟酒杂货店里发现这把刀的，当时刀就摆在陈列架正中间。是把帅气的8号刀，不锈钢刀刃，山毛榉木柄。现在回想起来，我当时对这把刀是多么的魂牵梦萦！

真有意思，有时候在我们眼里，一些物件会变得跟人一样重要。小时候拥有的一只玩具熊就给过我同样的感觉。它的名字叫"爪爪"，样子跟虱子一般丑陋，眼睛是一再缝补过的，身上的毛线也脱落了。可那是我的小熊，没有它我会睡不好，会像没了兄弟一样。

有时我想，我对阿妮特而言也一样吧，我应该也是她的玩具熊。所以，她看我时，总是充满了爱意。

总之，从那以后，我眼里只有这把刀，我喜欢它圆滑的木柄和旋转的套圈。从实用角度来说，我当然了解它的用途。比如说，我想如果这把刀归我的话，我会带上它去钓鱼。带把刀去钓鱼会很有用，可以用它切芦苇，要削东西吃时更是再也不用一筹莫展，我还可以拿它来跟蛇搏斗。既然是去钓鱼，当然可以用它清理鳟鱼的内脏。只是，我数了数存钱罐里的零钱，很显然，我发现就算把我卖了也攒不够买这把刀的钱。可是我主也说过，或者是他的哪位门徒说的，"不用之财，毫无益处"①。

所以，一天早晨，去帮母亲买烟时，我把刀连同匣子一

① 原文是"不义之财，毫无益处"，出自《圣经·箴言》10：2。此处系叙事者以儿童视角写成了"不用之财，毫无益处"，系文字游戏。

起偷了出来。我把它偷来，是想好好"用"它一下。也总该
轮到我了，不是吗？

　　陈列架随随便便就打开了。换作我是商家的话，肯定不
会如此掉以轻心。

　　这把刀我一"用"就"用"了十年。一天早晨去钓鱼时，
一不小心把它丢了。我真该好好在家待着，"钓者必丧于
钓"①。要是这句谚语灵验，那很多人恐怕都要战战兢兢了，
这是题外话。

　　其实，我觉得我是喜欢雕刻的，雕刻会让我的双手不至
于寂寞无聊。

---

① 此处系作者的文字游戏，影射《马太福音》中的"弄剑者必死于剑下"。
"弄剑者必死于剑下"在法语中的说法是"哪里有过错，就因哪里的过
错受到惩罚"，而法语中 pêcher（钓鱼）和 pécher（犯罪）写法又仅差
一个区音符号。叙事者是以儿童和文盲视角写下这句话的。

三十五

此刻，我又想起有一天和玛格丽特聊天时出现在我脑海中的那个词语：粗野。这个词语的意思是"没有被耕育过的"——参见"荒地"一词。当然，我还想到了书籍对人的培育作用和另一个方面的培育——那就是洋姜之类的种植培育。一块土地不会因为没有被我们耕育过，就不适合红薯和其他作物的生长。不应心存这样的想法。优化土壤的方法并不是拿着铁锹翻弄它，翻弄土壤的作用只是让它更适合播种，只不过起到给它通风的作用而已。如果一片土地酸性过强，过于钙化或者过于贫瘠，那么无论如何都是不适合所有作物生长的。

我知道你们有什么话等着我。你们会反驳说，要是给土地施肥呢？

我可以告诉你们：如果土壤本来就贫瘠，你们即使撒上一车斗的肥料，它该贫瘠的，还是贫瘠。总而言之，必须得承认，你即使耕种得汗流浃背，最后也不过收获三四串红薯而已，大小还没琉璃弹珠大呢。可要是赶上一片肥沃的黑土地，土块儿厚重，攥在手里想要捏碎都费劲，那么即使不用肥料，它也能给你个好收成。当然也得看耕种者的手艺如何。还要看天气，毕竟什么时候下雨，要看上天什么时候高兴。月令也是要考虑到的因素，像甜菜、胡萝卜和洋葱这样的根茎类蔬菜，要是选在新月那几天种，你就傻眼了。同样的道理，像生菜、菠菜还有卷心菜这些叶类蔬菜就不能选在满月那几天种。这些不用我教。有些小窍门就不多说了，就跟哪里的野生蘑菇肥美一样，都是些不到死那天不会吐露的小秘密。还是让我双手合十，希望上天保佑我健健康康，让我能够干起活儿来生龙活虎吧。

上面这通唠叨让我得出的结论是，人和土壤一模一样，不能因为我们是个粗人就觉得不可栽培。其实，只要遇上好的园丁就行了。假如遇上手法粗劣的糟糕园丁，那可算是把你给毁了。

我这么说，不单是针对败乐先生这个坏蛆，他自然是不懂按照月令播种的。上面那些话，我还另有寓意——参见"象征"一词。

总之，都是一不小心就闯进我脑海的一些想法。

思考，是有利于记忆的。

三十六

就在关于问题、答案和字典的插曲过去几天之后，当我又去长椅那里时，玛格丽特已经到了，身旁是一个包裹，外层的礼品包装纸看上去十分精美。

我装作若无其事，像往常一样在她身旁坐了下来。

她指了指包裹，对我说："给您的。"

"给我的？"我问道。这一天又不是我的生日。

我当然感到高兴，别忘了：收到礼物这种事不期而至时，总会让我们分外开心。我想，即使我早有思想准备，效果也会一样，因为我收礼物的经验毕竟并不丰富。

玛格丽特摇着头，大概是让我不要误会。她说道："其实，也不算什么礼物，是一件我用了很久的东西……"

"为什么呢？"我问道。

"什么'为什么'？"

"您为什么送我礼物？"

她露出惊讶的目光。

"您不觉得送人东西可以没有原因，只是为了让人开心？而您上个星期还不经意间送了我一件用苹果木雕刻的小猫呢……"

玛格丽特的思维方式真是与众不同，反正和我接触的那些人不一样。我无法想象朗德洛蒙或马可送我东西时会说："给，日耳曼，只是想要你开心。"

话说回来，我也不觉得自己会送他们一件小猫木雕。哪怕是不经意间。

我们之间不习惯婆婆妈妈的。

而且，我的母亲从没送过我什么。她只要哪天不给我脸色看，就算是过年了，还指望什么生日礼物呢？我看了一圈，周围那么多朋友，会送我礼物的也就只有阿妮特，没有别的借口，只是因为她爱我。

看到我一言不发，玛格丽特问我："您不想知道是什么吗？"

我回答说："当然了，当然想知道。"

我拿在指间摸索着，知道是一本书。妈的！但是，我仍然表现出饶有兴趣的样子，俗话说，既然是别人送的马，就别看马的牙口如何了。她送的是本字典，还不如是本书呢！

操！我心想。我要本字典能做什么呢？

我向玛格丽特道了谢。但实话实说，我心不甘情不愿。

而她就像愚人节说谎时总算遇到有人上钩一样："那正好，看到您喜欢，我很欣慰……我一开始还怕送错了呢。"

"没，没。"我说道，"这个主意真是太棒了……我正想买一本来着呢。"

她问道："是吗？您的太旧了？"

接着她马上大笑起来。

她大笑时，我很喜欢，但也很担心，怕她背过气去。这些小老头儿、小老太婆们，先是笑得得意忘形，接下来就会咳得跟柴油机似的，最后很容易倒在你怀里。要想大笑起来，把脸都笑劈了，却仍能安然无恙，得养成习惯才行，否则后果很危险。

虽说既然人都要死的，还不如索性是笑死的好。

"日耳曼，您知道字典的实际用处是什么吗？"

我真想回答是支桌子腿用的，但是我说道："是查生词用的。"

"这么说也没错……但这不是唯一的用途。字典首先是带你旅游用的。"

"……？"

"假设您要查一个词怎么样？就是您所谓的生词。"

这倒不难假设。

"好。您在一条定义旁看到字母 V，V 后面还跟着其他一些字母，这样就算您找到您要查的生词了。以 V 开头的单词可以是 Voir（看见），也可以是 Voyage（旅行）。要看懂这个单词的定义，您就得必须继续翻字典，去查新的名词、形容词或者动词，这些词会让您一直查下去，让您去找其他单词……"

她一下子兴奋起来。我可以肯定地告诉你们，老年人找乐子的方式和我们不一样。

我回答说："当然，那是自然。"说归说，可眼睛瞅的却是地面。

"日耳曼，一本字典可不像一本书那么简单。它不只是书，还是一座迷宫……是一座奇妙的迷宫，迷失在里面都让人觉得幸福。"

迷宫我不太了解。我只知道圣约翰节那天在赛马场上紧挨幽灵火车和过山车搭建的死亡城堡。不过，如果迷宫就是这个模样的话，我看不出它和字典以及她所谓的幸福感有什么联系。

于是，我点着头一个劲儿地"嗯嗯嗯"，也搭不上别的话，仅此而已。

她又继续狂侃了一会儿，才安静下来。随后，我们聊到了别的事情，尤其是她的种籽研究，种籽是一些由对胚乳和胚胎起保护作用的外壳构成的小盒子。

我知道胚胎是怎么回事，跟母鸡下蛋有关，还跟生小孩儿有关。我一下子想起了阿妮特。不用继续纠结下去了，我早晚得给她种上。

至于胚乳，则叫我无法联想到任何东西。

我跟玛格丽特说，用葡萄籽可以榨出葡萄籽油。她回答说当然没错，完全正确。不过，葡萄籽里还有其他物质，比如说丹宁。丹宁就是葡萄酒的组成成分之一，所以我对这个词也很了解。

让人觉得有趣的是，你觉得这是在谈论科学知识，但其实又没有那么神秘，聊的不过是一些你早已熟知的内容而已。

三十七

玛格丽特起身离开时，我陪她走到报亭，然后转身直接回家，连弗朗席娜餐馆都没去。拿着本字典去喝开胃酒，这显然不合时宜。我这个圈子的人对书籍不是很感冒。一两本还说得过去，但不能太过了。如果是朗德洛蒙，大家都能接受，因为他年龄最大，而且还是镇上唯一的一位汽修工。即便是高中毕业生于连和能讲五种语言的马可——马可祖上是意大利人，她妈名不正言不顺地给他找过的继父先后有塞尔维亚人和罗马尼亚人，这十多年来又换成了西班牙人——他们都没资格居高临下和装葱。你们想，何况是我这颗荒芜——
参见"粗野"一词——的脑袋呢。

怕被人撞见，我径直回到家中。我感到羞愧难当，遮遮
掩掩的，就跟手中拿的是本黄书似的。可我同时又有一种想
赶紧翻开字典看看的急切愿望，这才是最让人觉得奇怪的。
也就是说……

晚上的时候，我犹豫了一阵。然后心想，要不找个生词
查查看？瞧，就查"迷宫"吧。

真查起来时，我才发现简直让人难以置信。实在是欺负
人，因为要想查一个单词，先得知道这个单词怎么写。所以
字典只服务于有文化从而不怎么需要字典的人。

他们用电锯砍伐了亚马孙丛林，美其名曰印刷字典来帮
你识字，可最终不过是告诉你你有多蠢。政治万岁！

这不是玛格丽特的错，她生来就和书籍结下了缘分，书
上写的内容对她来说自然非常简单。我不想糟蹋她送我的礼
物，所以试着查起我确信自己认识的一些单词。

"婊子"和"屎"这两个词查得到。"浪货"也有。但是"憨
批"，就查不到了。

"奥林匹克马赛足球俱乐部"的简称"奥马",也没找到。但可以查得到"圣艾蒂安"这个地名。

作为一本老字典,收录的单词算是相对齐全了。

然后为了好玩儿,我又查了几个人名,既没查到朗德洛蒙、马可、于连,也没查到泽库克–焙铬齐埃、尤赛夫、弗朗席娜或查泽。

"玛格丽特"这个词倒是查得到,只是在字典里少了一个字母 t,是一种花的名字[①]。查到的"阿妮特[②]"也少了一个字母 e,而且不是双写 t,字典里写的是 th,意思是茴香,是莳萝的一种。于是我又查了"莳萝"一词,得知莳萝是可以拌沙拉生吃的茴香,我也很想生吃阿妮特呢。

"日耳曼"也在字典里出现了两次:

阳性形式为"日耳曼",阴性形式为"日耳曼尼":

1. 作形容词用,意思是"同父同母的",例如可以说"日

---

① "玛格丽特"的法语对应词是 Margueritte,法语中另有一同音词写法相似,为 marguerite,意思是雏菊。

② "阿妮特"的法语写法是 Annette,"茴香"的法语写法是 aneth,音同。

耳曼式的兄弟"（"日耳曼式的兄弟"有别于同父异母的兄弟和同母异父的胞兄弟）。2. 在常用语中，又可以说"日耳曼式的兄弟姐妹"，意思是"嫡堂（表）兄弟姐妹"。

阳性形式为"日耳曼"，阴性形式为"日耳曼尼"：1. 作形容词用，意思是"属于日耳曼尼亚的"，"日耳曼尼亚"系地理名词，在罗马帝国晚期和中世纪前期其领土和今天的德国领土相吻合。另参见"日耳曼尼克的"。

既然在"日耳曼尼克"前出现了"参见"字样，我的确前去"参见"了一番，只是没怎么看明白这个词的解释，最后只好又回到"日耳曼"这个词上来：

2. 作名词用，指"日耳曼尼亚的居民"，如"日耳曼人"（这包括勃艮第人、法兰克人、哥特人、伦巴第人、撒克逊人、苏维汇人、条顿人[①]、汪达尔人[②]）。

[①] 条顿人，古罗马时期日耳曼民族的一个分支。

[②] 汪达尔人是古罗马时期的一个东日耳曼民族，曾洗劫罗马城，因此"汪达尔"一词被和搞破坏以及毁坏财产和文物联系起来。

我把这些全都记在了脑子里，万一用得着呢。

说到记东西，我的记忆力还是不错的。

随后我又查了"麻雀"一词，看到那是一种"羽褐而饰有黑色条纹的雀形目鸟类"。

假如你们不知道的话，"褐"在字典里是指一种"粗布衣服"，和麻雀没有任何关系。但还有一层"褐色"的意思，这倒和麻雀有些关系。

让我颇为失望的是对"西红柿"一词的解释，在字典中我们可以读到"一年生（茄科）草本植物，因其果实的价值而栽种"，到这里，我没有任何异议。可是，接着出现了"参见'樱桃'一词"字样。把西红柿归为茄科，无论如何都说得过去。可是为什么要"参见'樱桃'一词"呢？是为了告诉人们，只有"樱桃番茄"这一个品种？编字典的人领着工资，就是为了删来减去，还是怎么着呢？他们是为了节省纸张，所以才没列入别的品种吗？还是因为受过教育的人对栽培之事没有任何兴趣呢？

不是我指摘别人送的礼物。只是在这方面，我比玛格丽特送的字典知道的东西多多了。仅凭个人经验，不假思索，想都不用想，我就能说出一大堆西红柿的品种：什么托诺莱特、圣皮埃尔、白美人、黑克里米亚、布尔莞橙色茄、串形茄、黑色王子、欲滴茄、红脆、桌上乐，更别提马尔芒德以及皮卡第甜茄了。

三十八

"您知道吧，您的字典查起单词来真是得弯弯绕。"

玛格丽特扬起一角眉毛。

"什么绕？"

"那是一种表达方式，意思是很复杂。"

"噢，明白了……可是为什么复杂呢？说说看？"

我从昨天晚上就开始酝酿，来的路上也一直在酝酿。

现在，再也不能憋着了。

我心想，得了，不吐不快，于是把我一读书就烦、至今连字都还写不全，以及败乐是个坏蛆之类乱七八糟的事，一股脑全都抖搂了出来。

我心想，就看她什么反应吧。

她呢，有些沮丧地望着我。

而我却变本加厉，把平时横在喉咙里但是说不出口的话全讲了出来。例如，要是你不认字的话，人们会把你——尤其是我——当成傻缺。人们把什么都混为一谈，认为受教育程度就是一个人的文明礼貌程度。他们在发现你连俩字都认不全之后，就开始居高临下地鄙视你，因为他们自己说起话来就像念书一样头头是道。可是，仔细品一品，您就会发现，妈的，他们跟您唠叨的那些话，都空洞得很！当然也有可能是我听不懂！我宣泄着，宣泄着，嗓门儿也大得很！

此时，我能听到有一个声音在我耳边回响："闭嘴吧，省省吧，日耳曼！你没发现吗？你把这个小老太太弄得多么沮丧！"可是，嘴是没法闭上的，所有的埋怨，对社会不公的抱怨，一下子全部流露出来。最糟糕的是，只要听听自己说了什么，我就更加觉得害怕。就好像用词语把我的人生描述出来，是在刀口上撒盐一样。我的内心乱糟糟的，一边是人生画面在我脑海中不断穿行，一边是有个声音在哀求上帝慈悲一些，把我的嘴堵住让我不要继续絮叨下去。剩下的那些关于女孩儿、关于工作以及关于儿时梦想的话，我总归还是说了出来。最后是让人最难启齿的、关于我母亲的那些事。

末了，我又补充说她的字典不完整，把西红柿归为茄科是没错，但是只列举"樱桃西红柿"这一个品种则……

总而言之吧。

就好像整颗脑袋刚才被我按在了水下一样，玛格丽特深深吸了口气。

她对我说："日耳曼，我非常抱歉。"

这句话让我一下子卸下了压力。

"是吗，为什么抱歉？"我问道。

"听您那么说，我发现您说得没错：要是事先不知道一个单词的拼写，或者它在字母表里的顺序，字典就是一件毫无用处的工具。"

"……而且还不全，这么说不是想冒犯您。"

"是的，在这一点上，您也让我无法反驳。就在两天前，我查'蟹虱'，结果呢，您猜怎么样，没有！"

"这不奇怪。我跟您说，可不只缺这一个词呢！"

"有可能，有可能……同时也得承认，字典能让我们学到不少东西……"

"我当然承认，可是，如果我连使用都还不会的话……"

"当然了。嗯嗯嗯嗯！的确很麻烦。我们该怎么办呢？"

她摇晃着脑袋和双手思考起来。我也绞尽脑汁帮她想办法，因为她说的是"我们该怎么办"，这让我很高兴。

"首先，要是知道我们要查的词怎么写，那就容易了：这样的话，只要直奔指引的页码去就好了……"

"正是。"

"比如说，我要查，哪个词呢，对，就查'迷宫'吧！这是我随便想到的……"

"随便可做不好事情……啊，话说回来，法语确实很难！而'迷宫'这个词又恰恰充满了陷阱。来，我教您怎么查……"

说着，她在包里找了一阵，拿出一支钢笔，然后一边继续翻弄着，一边问我："您身上有本儿吗？"

"没有呢。"

"哪怕一张小纸条也行。"

"要是可以的话，我这里有一张购物单子。"

"这就够了，日耳曼，这就够了。"

她靠在手提包上，头侧向一边，给我写下了"迷宫"一词。她的字写得很粗，有些颤抖，但对她那个岁数来说已经相当不赖了。她把纸条交给我说："给。"

"迷"——"宫"？

妈的，靠我自己可真有可能查不到这个词。

三十九

就在几天后，路过戴高乐大街时，我发现新多媒体图书馆从上到下，全被涂鸦给覆盖了一遍。我们几个在弗朗席娜餐馆当然也聊到了这件事。马可耸耸肩，一副不以为意的样子。他坚持说，如果只是些小孩子恶作剧的玩意儿，不涉及纳粹卐字符什么的，那就没必要拿这件事当盘菜，市政府修缮处的那些懒鬼们平时横草不拿、竖草不拈，也得给他们找点事做了。弗朗席娜一言不发，失恋之痛让她饱受折磨。朗德洛蒙则勃然大怒，极力主张应该把这些搞恶作剧的坏蛆游街示众，让他们尝尝当反面典型的滋味。于连则摇摇头说：

"坦白说，的确是有些可惜。他们的新馆虽然很讨厌，但至少干净啊。而且，我跟你们说，最后还得是咱们纳税人买单，市政的人，他们在维护费上可不会替咱们省钱。整个一面墙都要重刷，告诉你们，得花不小一笔呢！"

"珐琅瓷街那一侧也被刷了涂鸦。"我补充道。

"妈的，真想不到。"朗德洛蒙骂道，"没错，是些无良小混混！就是成心搞破坏的汪达尔人！一帮子汪达尔人！"

"对，汪达尔人！说条顿人也没错！对，就是条顿人！"

他们呆呆地相互看着对方。于连问道："哦？！你突然跟我们说什么'粉条炖'呢？"

"是条——顿！"我说道，"就是条顿人啊！就跟伦巴第人一样。"

朗德洛蒙摇摇头说："抱歉，没懂。懂吗，你们几个？"

其他人也连说没懂。

"解释解释，日耳曼。因为，这下子，你可是把我们弄得一头雾水。"

"你觉得有什么好解释的？你会讲法语不会？"

朗德洛蒙这个人，如果说在什么事情上能刺激他自尊的话，那就是在他的知识面和词汇量这种事上。电视上播放的所有知识竞赛题他都能准确地应答，尤其是冷门儿问题，例如"请列举一种茄科植物（西红柿）"。

他手跟耙子似的在额头上耧来耧去，就好像还指望秃了的地方能重新长出头发来似的，看他那副模样，我就知道他被我击中了七寸。他最后说道："你能说清楚点儿你想说什么吗？"

"是你说的！你先说：汪达尔人，然后我加了一句条顿人。还有伦巴第人。我这句话就跟我别的话一样，没什么特别的。我怎么知道有什么特别的……对了，还有勃艮第人呢。"

"他喝醉了还是怎么着呢？"于连说。

"没有，我没醉。你们应该思维开阔一些：我列举的都是些日耳曼尼克民族的名字。"

"哦，是吗？"马可问道，"还真涂鸦了卐字符？"

"妈的，你故意的，是不是？'日耳曼尼克'，来自'日耳曼'这个词。谁跟你说德国鬼子了？"

"而且日耳曼尼克民族也不全是纳粹！"朗德洛蒙气恼地说道。

他紧接着问我说："你这都是从哪儿学的？"

"什么从'哪儿学的'？"

"你这些名词，又是勃艮第人，又是伦巴第人的……"

"还有'粉条炖'——"马可插话道。

"是条——顿。"于连说。

我喊道："是你先起的头，我告诉你。妈的！你先说刷涂鸦的人都是汪达尔人，所以才……"

朗德洛蒙敲了一下桌子："好了，哥几个！我想我听明白了。"

"行吧，你走运。"马可说。

朗德洛蒙扬起下巴："你能跟我们说说你那些日耳曼尼克民族的名字吗？"

"没问题！有勃艮第人、法兰克人、哥特人、伦巴第人、撒克逊人、苏维汇人、条顿人，以及汪达尔人……"

朗德洛蒙笑了起来："'以及汪达尔人'！……这就齐了！而且还是按照字母顺序排列的！"

马可嘟囔起来。

"如果是你们之间的私事,直接说。我们走,你俩走时记得关灯就行……"

朗德洛蒙冲我眨了眨眼。

"好你个日耳曼,行啊!你知道你总是让我刮目相看吗?前几天你跟我聊加缪的《鼠疫》,今天又是古日耳曼尼克民族的名字……下次是什么?下次跟我聊莫泊桑?"

"打住吧!"于连说,"让我们安静会儿吧!"

但是,朗德洛蒙要是逮住一块骨头,叼得总会有点儿紧,没法让他放开。他带着考考我的神情,随口问了我一句:"说到莫泊桑,你肯定也了解一些,不是吗?"

"……是的,非常熟,是的!"

"那么,说来听听!他写过什么?"

"你真烦!"我说。

"说说吧?说来听听。"

"好吧,好吧!他写过一本'旅游指南',别当我什么都不知道。"

于连对着水杯咳嗽起来。朗德洛蒙扬起了眉毛。

我喝完我那 250 毫升啤酒，然后起身，离开时没有多说一句话。

随后，就在我出门时，听到朗德洛蒙在喊："'莫泊桑旅游指南'！妈的！你们懂了吗？他说的是'居伊·德·莫泊桑'。①"

"是又怎么样？反正我不认识。"马可回答说。

"是'米其林旅游指南'那种，是不是？"弗朗席娜问道。

我已经走远，没有听到后面的内容。不过，我全不在乎。反正我已经让朗德洛蒙惊掉了下巴。总算让他吃惊了一次。

四十

我的母亲犯糊涂已经有些时日了。可眼下的情形却越来越糟。我发现她现在随时都会下楼，下楼时头发凌乱得

---

① 莫泊桑全名是居伊·德·莫泊桑。在法语中，"居伊·德"和旅游指南（guide）发音相同，系文字游戏。书中屡次出现文字游戏和双关语的使用。

像棵葱。她会在芸豆或土豆前——要视情形而定——停住脚步，并待在那里若有所思，一动不动，然后挎着空篮子回到楼上。

每次我去看她都要与她斗智斗勇。她要是给我开门，算是我走运。

不知从什么时候起，她以为我想讹她的退休金。她告诉整个小区的人，我的朋友们和我串通好了要谋杀她。我进门后走到哪里，她就跟到哪里，并且大喊着说，自己不会像在荒郊野外那样任人打劫的，还问我这么折磨自己的母亲丢不丢人。

总之，她赢了，我退出，我放弃。

我不想再去见她，给她送汤料、修水管、换灯泡之类的事，我就不管了。但是，说归说，我还是会去，我怪自己傻。

她骂我是杂种。我一靠近，她就打我。有时候，我得强忍着，才不至于抽她一个嘴巴子，好让她闭嘴。

我受不了时，就去弗朗席娜餐馆倒倒垃圾。

于连又跟我来他那一套："日耳曼，你做什么都白搭，你母亲就是你母亲，一生只有一个母亲。"

就差有好几个母亲了，要真是那样的话，赶快给我两条木板、一把锤子和几个钉子，我宁可把自己钉上十字架，立刻、马上。

朗德洛蒙说，能理解我有情绪波动，因为得承认有我那种母亲确实是一种惩罚。

要我说，她更像是一剂老鼠药。

前几天，马可问我为什么不把她送去养老院。

"我的母亲才六十三岁，就把她往老人堆里塞？你觉得这很容易跟她解释？我看我还是算了吧！"

朗德洛蒙说可以找个人替我去办这件事。

"也许你能把她送过去？你小胳膊小腿的，一个人就可以？"

"别急，不管怎么说，她也不至于那么可怕吧！"

"可见你是没看过她发飙的样子。"

"还真是，她妈发起怒来，可真他妈的吓人！"

"不是一般的吓人。"我说，"所以说，要想让她出门儿，要想把她送去养老院，除非动用宪兵防暴队，否则，坦白说，我不知道该怎么办……"

弗朗席娜叹口气，怪我们多少说得有点过头了。

"还真是的，你们男人，你们说话总要夸大其词……日耳曼，你妈妈没那么恶。她就是头脑不清醒而已……"

马可开玩笑说："跟鱼一样，她也是从脑袋开始烂。"

我警告他，也别忘了，我们聊的好歹也是我母亲呢。

马可说："好的，别生气。"为了缓和气氛，他同我们聊起他的祖父，他的祖父声称自己家里到处都被人装了麦克风——尤其是厕所里。

"麦克风？"大家问道，"装麦克风干什么用？"

"他说麦克风是和市政府连着的，他们想要监控他。"

"监控他上厕所？"

"对。"

"呵，这他妈的！"大家说道。

乔乔说，人真是不能老去。

四十一

那段时间，我在索仆拉夫墙面粉刷翻新公司工作。

我是通过于连的姐夫艾蒂安找到这份差事的，具体工作是装卸。拆掉漆桶的外包装，并把漆桶搬上脚手架，然后再把纸箱和塑料薄膜扔到垃圾桶里。我能胜任什么工作，通过这些低端劳动可见一斑。

逮着什么活儿干什么活儿，这就是我的专长。

万宝盛华和其他猎头公司的人，他们都认识我。他们知道我的优势不是学历。但是论肩扛一袋水泥还能谈笑风生，那我准行。只要他们有徒劳无益——参见"困难""艰苦"等词——而又没人上赶着干的活儿，我乐意干，没问题。

有人是坐办公室的，脚踩的是地毯，眼看的是塑料绿植。而有人——我就是这种人——则为了挣三元钱而在外面汗流浃背。

这就是命运，你还想怎么样？每个人都有自己要面对的问题。

而工作这种事，问题就在于我们必须得找件事儿来糊口。并且一件事儿还要干得够久，你才有资格领失业救济金。要不然，我才无心工作呢。反正我是不想拼了命地去工作。

朗德洛蒙说，我的问题是没有雄心。

朗德洛蒙的问题是对什么都要发表一套看法。

我认为，不喜欢工作也是正常人。我甚至觉得，喜欢工作那才不正常呢。不要忘了，也有几十亿的大活人没在工作呢。例如希瓦罗人①。我小时候的梦想既不是搬砖，也不是卸叉车托盘或卡车轮胎，当然也不是把失业当成事业。除了前面提及的职业——"玻璃家"，我就是想当个亚马孙丛林里的印第安人。乔治舅舅在折扣店看到一本关于印第安人的书，里面有很多摄影图片，就买下来送给了我。

我把它放在房间的壁橱里珍藏了很久。

每当某些人（我说的是败乐先生或者当时不共戴天的敌

① 希瓦罗人是生活在厄瓜多尔和秘鲁的印第安人。

人希瑞尔·龚提埃，我的母亲就不用提了，她得位列第一）太让我生气时，晚上我就拿出这本书，躺在床上暖暖和和地翻看里面的摄影。

我想象自己变成了个印第安首领，脑袋上整齐地插满了羽毛，"宝贝"套在阴茎端鞘里迎风而立。我心想，假如他们继续烦我，我就制造毒箭，用箭扎他们的屁股，然后手持吹箭筒，安静地待在那里，看他们口吐白沫垂死挣扎。

小孩子是喜欢幻想的。

反正，我觉得能成为一个亚马孙丛林里的印第安人倒是个不错的归宿。

身上除了项链和弓箭，他们一丝不挂。除了吹吹笛子，打打仗，他们无所事事。他们在篝火旁猛灌青藤酒或者别的不知什么的东西，他们还会出于宗教原因吸食大麻。

他们的人生十分美好，且不说他们可以从日出到日落不费吹灰之力就能随意临幸自己的娘们儿们，娘们儿们裸露着两只大奶子，身体其余部分也只拿了根羽毛随意遮挡一下而已。他们捕鱼，打猎，还收集各种植物——用来制造箭毒。他们种三两棵南瓜、一些木薯和一点儿烟草，其余时间都在拖着箱子游走四方。在我看来，他们过的是地上天堂的日子。

只是，有些日子朗德洛蒙担心我的未来，并拿一些问题来烦我：

"天啊，日耳曼，你不能一辈子都这样吧？你都四十五岁了，就没有什么志向？"

我总不能回答他："我想当希瓦罗人。"

这样一来，他不仅会觉得我蠢，还会当我是疯子。据我对他的了解，接下来他肯定要跟我絮叨臭氧层空洞、石油以及什么疟疾、打摆子之类的疾病——确实是些恶心人的传染病——最后再由亚马孙丛林中所有人种的灭绝演绎到民族灾难。

我不知道他是因为丧妻，还是得了肝硬化，反正最近一段时间，他总是三两句话就把你好好的岁月静好给折腾成垃圾人生。

他不是打击你的士气，而是在往你的士气里注入二噁英。

四十二

起初，我只是觉得玛格丽特很有趣，跟她聊天还能让我长长知识。但是，慢慢地，我无意中对她产生了依恋。

恋慕之情往往都是悄悄地滋长，不由自主地生根。当它朝你袭来时，却比匍匐冰草还要顽固。等你发现那天，为时已晚：你总不能在心房里挥洒农达^①来除掉那缕温情吧。

一开始，我只是去公园时见到她就觉得高兴。

后来，假如在长椅上没看到她，我就会想，没跟我在一起，她做什么去了呢？

再后来，如果和她聊的是些与文化相关的内容，我过后还会有点儿意犹未尽地回味我们的谈话。

有时候，在她朗读时，我会被不认识的生词卡住，于是

---

① 农达是草甘膦的商品名称。

示意一下，问她"声望""不菲""忧郁"这些词是什么意思……她要么直接跟我解释生词的意思，要么把它写在一个她特意为此买来的笔记本上，这已经成了我们的习惯。而我，晚上回家后则会挨个查一遍这些生词。

"不菲"的意思是"昂贵的""夸张的""无法触及的"。

她甚至为我做了一张懒人卡，用粗笔按照顺序把字母表抄在了一张白纸上，紧跟着每个字母，还列上了随后出现在第二个位置和第三个位置的字母。

Ab, Ac, Ad…

Aba, abc, abd…

她应该为此下了不少功夫，但是真的非常有用，因为要想查 rempoter（带走、赢得）这个单词，只知道 R 这个字母是不够的，还得知道这个词位于 repiquer（插秧、移栽）之后，在 rejeton（幼芽、新枝）之前。

我把这张表贴在床前，入睡时会按照 A、B、C、D……顺序再用心读上一遍。然后从日常生活中找一些例子练习记忆。例如 A 字母对应"阿妮特"的读音，B 字母对应"宝贝"的读音，C 对应"葱头"的读音，D 对应"导管"的读音，等等。

这样一来，玛格丽特即使不在我身边，也还是在我生活中占有一席之地。

后来有一天，她没来公园——我们不是每天都来，每天都来公园是不可能的——于是我就有了这样的心理活动：我心想，除了她的名字，我对她一无所知。即使遭受严刑拷打，我也没法告诉警察她姓什么。

我意识到，假如她发生像中风这样的严重意外事故，是没有人会来通知我的，因为我没有资格——参见"权力""合法性"等词——过问，所以我也不会知道。她会独自一个人死在家中，我从此再也见不到她。就像集市上走散了的小孩子一般，我被这番思考吓得够呛。我试着劝自己。我对自己说，日耳曼，快快收起你的这些傻念头，不过就是个小老太太而已。但是无论怎么劝自己都不起作用，我一整天都在思来想去。所以，下次一见到，我迎面就立刻问她的住址。

"我住白杨公寓，马上就要有两年了。离市政府两步远。就在小广场对面，您大概知道了吧？"

我回答说："嗯，嗯，很清楚。"

能不知道吗？四五年前他们翻修楼层时，我曾在那里当过小工。我还可以告诉你们，养老院的小老头儿们早上醒来时，天花板没压在他们鼻子上，他们就算走运了。因为翻修时这家养老院的人没弄明白承重墙是干什么用的。没错，一时半会儿是塌不了。可要是哪天遭遇一场地震，会死多少人，我就说不上来了。不过，这话我没说出口，而是藏在了心里。

玛格丽特继续说："是一家很宜居的养老院，我不后悔选了它。工作人员很殷勤，也很热情可亲。"

照他们的要价，他们如果再敢摆一张臭脸的话，那就太离谱了。

"您姓什么？"唐突地，我问道。

"我叫玛格丽特·艾斯科菲尔。怎么了？"

我想告诉她，是为了以防万一，说不定哪天我得来把您从瓦砾中挖出来呢。不过，我脱口而出的话确是："没什么。只是想知道。"

得了，这下子，她来了劲，就着"人们总是有什么都想知道的欲望"和"人身上有种难以满足的好奇心"这个话题，哆来咪发唆拉西地海聊起来。我由着她说下去，原来能够聊聊天居然就会让她如此开心。而假装在听她说话，对我来说又不费什么力气。我们还是可以做到人情味儿十足的。然后她跟我讲起养老院的生活,每天无非就是玩拼字游戏,玩乐透,或者去博物馆参观,都是些无聊到要死的东西。

好像玛格丽特读透了我内心的感受,她叹口气说:"您知道,没有人想衰老……"

随后,她低声笑着补充说:"不过,年纪大也有年纪大的优势。至少,如果嫌人生无聊的话,好在是没多少日子可以煎熬的了。"

我说了声:"啊,这个嘛……"

她继续说道:"我没什么好抱怨的:我身体健康,生活环境舒适。退休金也算可观。确实没什么好抱怨的,我要是还觉得自己可怜,就是太不知足了。不过,您知道,衰老也带来很多不便。"

这让我想到,如果我随我母亲的话,那么衰老对我来说无疑会是一场煎熬,我宁可省去这道程序,权当是为社保贡献了。不管我们乐意不乐意,全都得怪这狗日的遗传基因,除非你是石头缝里蹦出来的。我生父可能会传给我的基因缺陷,就姑且不表了,毕竟我不知道究竟藏着多少基因缺陷。

思绪中止时，我听到玛格丽特也沉默了下来。

她和我，我们少有正视对方的时候，这很正常，因为我们是肩并肩在长椅上坐着的。通常，我们一边讲话，一边看儿童们踩着滑板车扮演舒马赫。要么是看云彩或鸽子。听得见另一个人在说什么，这就够了，不需要看得见对方。只是，她一言不发时，我顺便看了她一眼。她神情悲伤。我骨子里看不得儿童或者老人伤心，这让我心里不是滋味。于是，我不禁搂住玛格丽特的肩膀，在她的脸颊上亲了一下。她握住我的手——老泪差点儿流了出来，她对我说："日耳曼，您是个善良的人。您的朋友应该很幸运。"

这话让人怎么接呢？如果回答是，这会显得你很自负。

如果回答不是，又显得很假。

我说了一声："这个……"

这就足够了。

玛格丽特轻轻咳嗽了几下，说道："对了，如果我没记错的话，您和我，我们说好了还要一起继续读些东西的吧？"

"确实是。"

"我们从《黎明的承诺》之后，就没再读过什么了，有几个星期了，是不是？"

"是的……"

"得好好补上！下次您想让我读什么？"

"那……什么……"

"您有特别感兴趣的主题吗？"

"……"

"比如说历史？探险小说？侦探小说？我不知道您……"

"亚马孙丛林的印第安人！"我打断她说。

话一出口，我马上后悔自己又要被当成蠢货了。

可是玛格丽特却说道："亚马孙丛林的印第安人，对，当然了！……当然了……这样的话，虽然我不敢保证，但我那里有一本书，您也许会喜欢……"

我甚至都不感到惊讶：既然连关于《鼠疫》的书都存在，那肯定也存在关于希瓦罗人的书了。

"也是加缪写的？"我问道。

"不，不是他写的。但是也不错，您读读看就知道了。"

我说"好"，是发自内心的话。

四十三

就这样，玛格丽特为我读了一遍《读爱情故事的老人》。一个星期一，她来的时候，面带一丝自豪，从包里取出书，轻轻拍打着封面说："这就是我前几天跟您说的小说。"

"关于亚马孙丛林印第安人的？"我问。

"对，也有一些别的内容。"她说。

"很薄呢。"我说。

她回答说，不能根据这个来判断一本书。

"也不能根据身高来判断一个人。"我说道，"只要双脚能够着地面，就算是足够高了，不是吗？"

话一出口，我立即觉得自己真是蠢透了，因为她的双腿正在荡来荡去的，悬在地面上方。她不具备坐公园长椅的成年人标准身高。

她循着我的目光，耸耸肩，笑了起来。

她说道："我们开始？"

"开始就开始。"我回答说。

于是，她读起来："天空像耷拉的驴肚皮一样，低压在人们的头顶上。"

"这是比喻用法。"我说道。

她回答说："完全正确。"这让我很高兴。

她继续朗读，一直读到后面。

我想告诉你们的是，我从来都没发现，自己原来这么喜欢听故事。

我当初很喜欢《鼠疫》这本书，是因为它让我想起邻居家的变故——参见"意想不到的事情"——让找想起男邻居的脑袋让狗给吃了——不管我们怎么努力，总会拘泥于童年的记忆。然后，麇集的老鼠和其他场景都让我感到震惊。另外一本书，讲的是作者的母亲很爱他，而他也很爱自己的母亲，可长大后他寻找源泉而不得的故事，因为人生的承诺是不会得以兑现的，这本书也不错，就是太长了些。

这本《读爱情故事的老人》，奶奶的，读起来就放不下，哪怕小路上慢跑的妞儿晃着两个奶子从你身旁路过，也无法吸引你。

我紧咬着书不放，比跳蚤叮老狗还起劲儿。

小说很短，这已经让我觉得喜欢。另外，小说还做到了寓实用和愉悦于一体，让我了解到一大堆关于希瓦罗印第安人——又叫舒阿尔人，但都是一回事——的趣事。例如，他们会把牙齿削尖，因而从来不会有龋齿：这对他们来说更稳妥一些，因为丛林中的牙医无异于屠夫。只要看看小说开头儿就知道了。村子里可怜的人们无奈都去找那个叫洛阿卡米那的医生挨宰，而那个蠢货则一边骂骂咧咧，一边给他们拔牙，然后给他们装的二手牙套甚至大小都不合适，听听玛格丽特是怎么读的吧：

"现在瞧瞧看。你觉得这一副怎么样？"

"太紧了。卡得我合不上嘴。"

"好了！这群人真是难伺候！那好，试试另一副吧。"

"太松了。我打个喷嚏就会掉下来。"

"你别感冒不就行了，傻蛋。张嘴。"

我感觉就像现场看他们拔牙一样，比读加缪的小说时给人的印象还要深刻。我双脚就跟过了电似的，因为这让我想起，小时候我被弄痛时也会乱动，而这时我们的牙医泰尔斯兰医生则会掌掴我的脑袋。

"有时,病人发出的大叫声似乎让鸟儿都受到了惊吓。而他则用一个拳头撑开钳子,用闲着的另一只手去摸索砍刀的刀柄。"

我真想给他几砍刀!泰尔斯兰医生也是个十足的坏蛆,如果小孩儿单独去看诊,都会遭到他的吼骂。要是有母亲陪同的话,他的嘴上则如同抹了蜜和麦芽糖似的。而我的母亲每次都会把我一个人放在那里,自己去购物,她说乙醚的气味让她反胃并冒酸水。酷刑结束后,我都是肿着牙龈,含着满嘴的烂丁香味儿,在门口等她。奶奶的,要是能找眼泉水漱漱也好啊。

听玛格丽特朗读,让我想起这一切。我心想,一本书讲的故事就会让你回到过去,可真是奇怪。

四十四

玛格丽特,她把这本书中的所有内容都读给我,不会有所省略。

"有个男人样儿，傻缺。我知道你疼，我也跟你说过为什么会疼。所以别那么屄。坐在那儿，让我们看到你腚沟里是长着蛋黄子的。"

单是听到"腚沟里是长着蛋黄子的"就让人觉得好笑。

也正因此，这样的段落我想她重读一遍，只是不敢向她提出要求。于是，我竖起耳朵，试着全都记到脑子里。

我可以跟你们说，希瓦罗人可不笨。他们打猎时，会把砍刀涂黑，这样猴子就不会因为刀刃反光而有所警觉。看来我的欧皮耐尔刀也得这么涂黑了。他们还能搞得到十米长的蛇和七十公斤的鲇鱼。顺便说一嘴，这种大家伙，我反正是做不到说去池塘抓一条就能抓一条来的。

不过，我大可想象自己跟希瓦罗人一样神气地带一条七十公斤的鲇鱼去弗朗席娜餐馆。如果那样的话，马可的小心脏肯定会承受不了，他可是全省的死水饵钓冠军呢，是有咬饵提醒的那种钓法。

马可人很好，可是当涉及他的尊严时，他总是缺乏幽默感。

从书中我还得知，亚马孙不是人待的地方。那里常常倾盆大雨，到处都是泥浆、淤泥和蝎子，跟我以前幻想的完全不同，对我来说着实是一种幻灭——参见"失望""绝望"等词。让我幻灭的另一件事是舒阿尔男人和女人从来不亲嘴。绝不舌吻，连啵儿都不啵儿一下。

可是，他们做爱时——我现在也开始喜欢使用"做爱"这个词了——女人是蹲在上面的，因为她们觉得这样更能感受得到爱意。这个姿势我不讨厌，我这么说不是想晒我的隐私。

总之，我现在跟你们说的这本书，我觉得这辈子还得再读几遍，假如上帝让我健健康康的，别让我得白内障和老年痴呆的话。这要看上帝他老人家怎么决定了，轮不上我对他老人家的行为指手画脚。

不管怎么说，多亏了赛普尔维达[①]，现在我才对亚马孙有了更多的了解。我发现当希瓦罗人并不是个好的选择。不过我舅舅送我的书里可不是这么写的，但那是本打折书，肯

---

① 赛普尔维达（1949—2020），智利作家，《读爱情故事的老人》一书作者。

定不无缘故。

读完后，玛格丽特把书给了我，读完整本书花了我们足足一个星期的时间。结束时，她对我说："日耳曼，我怕是给您读不了太久小说了。"

"为什么，您觉得烦了？"

"绝对没有。我真的很乐意。只是我的视线越来越不清楚了……"

我问道："是因为白内障吗？"我这么问，是因为刚才想到了自己会不会得这种病。

"不是。唉！"她说，"比这个要严重。"

"青光眼？"我又问道。因为在我母亲会遗传给我的垃圾病中，就有青光眼。

"也不是。是一种不治之症。是一种老年黄斑病变。名字听上去很高深，您不觉得？"

"尤其是这名字很复杂。会给您带来什么影响？"

"眼球中间有一块斑，已经开始影响我的阅读了。不久以后，所有出现在我面前的东西都会变成一片灰色，到时我只能看得见两侧的东西。"

"妈的！"我说道。

我随即补充说："不好意思。"

"没关系，不用不好意思。我觉得在有些情况下，可以允许自己说'妈的'。"

"现在，您还看得见我吗？就现在。"

"当然，可以。可是，过些日子，我就看不清您了。我会看不清面孔，会没法读书，也没法缝纫或数鸽子了……"

听她这么说，让我觉得好笑。尤其是她不自怨自艾，而且还很热心地向我解释病情。

我心想，要说这病恶心，的确是恶心，上帝得原谅我这么说，因为这到底得赖他。

玛格丽特对我说："我特别遗憾的是要没法子阅读了。"

"我也是。"我回答说。

你们发现没有，如果换作以前，这种话我想都不会想，更不要说说出口了。

四十五

玛格丽特已经看不清东西了。回到家中时，这个坏消息仍然印在我的脑海里，比螺丝钉钉入轻木时还要来得牢固。还有很多书，她再也无法为我朗读了。她再也不能为我朗读了，我倾听着这个发自我内心的声音。每当遇到不快时，我的内心都会发出这样的絮叨声。总算有一次，这个声音不是在胡乱狂吼，而是像我一样，在沙哑地说："日耳曼，能想什么办法，就想什么办法，总之不能扔下这个老太太坐视不管。"

"是吗？我能做什么呢？洒一洒玻璃水，让她视线更清楚一些？妈的！是她眼神不好，我能做什么？"

"日耳曼，闭嘴，说话前动动脑子。"

我心想，这下子，她再也没办法玩乐透和拼字游戏了，她会怀念这些娱乐的，虽然我个人看不出这些游戏有什么意义。

我来来回回踱着步子，就像猫砂盆被收走后的猫一样落魄。我心想，玛格丽特并不强壮，一点儿都不强壮。她跟一粒鹰嘴豆似的，轻飘飘的，甚至比外头的街巷还要苍老，一阵风就能把她吹感冒了。啊！没错！她一直都在逞能而已。她说笑归说笑，可是也没个孩子，要是再没了书籍的陪伴，一旦陷入灰暗之中，让她如何是好呢？想到这里，我就像被迎面打了几拳似的，你们明白这种感受吗？也正是在这时，我觉得自己不应扔下玛格丽特不管。虽然不过是散乱而朦胧的一线想法，但是已经太晚了，它已然挥之不去，我心心念念都是她的浅笑、她的碎花裙子，以及她紫色的头发。狗日的，最近上帝在作什么妖呢，我这样想道。他爱生气不生气，要是他不能接受批评的话，就别逞能创世造人。

我反复思忖道，玛格丽特将会失明，而我，而我也将会就此失去玛格丽特，失去和她在长椅上的交谈，将再也听不到她的那句"亲爱的日耳曼，您知道吗？"了。

等她什么也看不见时，就不会再来公园。那时，我将会失去一切：失去查字典时可以让我得以避免出错的小便条，失去书籍，并随之失去别的一切。

我心想，可是我的努力也不过是白费力气而已，并不会替玛格丽特改变她的宿命。这种狗日的不知什么怪病，会一

直在她的眼睛中挺进，不达目的不罢休，直到让玛格丽特瞎
了为止。

这一切，想想都让我觉得倍感煎熬。

当我们爱一个人时，他一人的不幸比所有我们讨厌的人
凑在一起给我们带来的不幸，都更加让我们感到煎熬难忍。

四十六

有一天，玛格丽特给我引用了一位巴先生的一句话，这
位巴先生是一名非洲作家，话很简单，但很到位，大概是这
么说的：一位老人的死去，就等于一座图书馆被焚毁。的确
如此，眼下，在这一问题上，我正有同感。我觉得自己和巴
先生完全可以算得上哥们儿了，虽然我和他无缘相识。很不幸，
现在着火的，正是我的图书馆。更不幸的是，我刚在城市地
图上找到这座图书馆，它就着火了。

你们看，这个现实多么让人无法接受，哪怕只是以打比
方的方式谈一谈都不行。

应该说，水源和喷泉对我而言都曾经严重匮乏。如果上帝这会儿胆敢切断我的水源，我也要像疯狗一样狂吠。必须得承认这一事实：玛格丽特对我来说非常重要，她就像是一位祖母，而且比祖母还要善良。说到祖母，就我生父那边的关系来说，我连她是谁都不得而知；至于外祖母，我也只有逢年过节才能见上一面，见面时目睹的也不过是她对我母亲的破口大骂而已。

现在想来，这就是我做出那个决定的动机。我决定认养玛格丽特。我知道，在法律上是不允许领养一个上了岁数的成年人的。可那是法律的不合理之处，依我看就应该允许。假如事情尽如人意的话，我的命运应该是这样的才对：玛格丽特先是生一个女儿；日后，她这个女儿再成为我的母亲——当然会和现实中我的这个母亲迥然不同，而是一位不知比她强多少倍的母亲——而我呢，自然也要成为她和我的父亲爱情的结晶才对，而绝非他们一时疏忽大意的产物；然后我们会一起过着傻乐呵的幸福生活，没错，原本就该如此。

上帝本可以精心设计，可到头来为何要敷衍了事呢？我这么说，没有指责他的意思，但结局总归让我有些恼火。

我对自己说，玛格丽特是个会耐心跟我讲话的人，而且也愿意听我讲话。我向她问问题时，她会回答我，她总能教点儿什么知识给我。跟她在一起，我不会感到自己脑袋空洞，只会觉得自己多亏了她而日益充实。

谁乐意笑话我并且觉得我傻都行，我都无所谓：反正，玛格丽特是我的女神。魔法棒一指，她就把我变成了一个花园。我原本只是一片荒地，跟她一起，我觉得自己正在长出花朵、水果、叶片和枝丫，这都是朗德洛蒙泡妞儿时的用语——我以前还一直纳闷他为什么这么说。

玛格丽特是我知识的海洋。也许，命运的捉弄会让我在不久的将来也要像加里那样，抱怨海洋不再，唯余幻影而已。

四十七

我对上帝真他妈的怒了，并且不会为此道歉。

他不能满足我的愿望，使我的生活变得一塌糊涂，也就罢了。毕竟，在祷告之类的事情上，我向来就马马虎虎的，只是零零星星地学过一些片段而已。我大概只能粗线条地知道什么"我父在天"，还有"尔国临格，尔旨得成任尔行"之类的话。我是从不踏入教堂半步的，除非被请去参加婚礼、洗礼或葬礼。

如果严格套用《十诫》的信条，我应该算是活在罪过之中吧。例如，我早已犯了第三条，滥称圣名罪，说自己酒后失言都不一定算是有利于我的一条借口。

再如，我也犯了第五条"应当孝敬父母"，这要怪上帝不给我机会啊。

要说父亲，我没有。而我母亲，她早就让我忍无可忍。

至于"不可奸淫"这一条，我真的没有不检点。只是，上帝他老人家把标杆定得太高了，如果照单全收他那套要求的话，只要一个男人朝一个女人投去充满欲望的目光，就算是在心里和她犯下了奸淫罪。照这么说的话，我自然是不及格了，很抱歉，可于连的老婆和雅克·德瓦勒的老婆，她们真的是让人越看越硬啊。

第八条，"不要偷盗"。在这方面，我也算不上白璧一块，我那把刀是偷来的，还有各种小玩意儿，细节就不必交代了，这又不是在税务局报税。

就我这些行为，如果上帝让我到墙角去罚站，那也是我自找的，我只有闭嘴的份儿。

可玛格丽特又做错了什么呢？

她人很好，不打扰任何人，读起书来就像电台的播音员一样，就让她摊上那种事儿？对她这么不公，也太不正常了！而我认识的那些一辈子都不曾让人安宁的家伙，一个个到头来都是好手好脚的，一直活到九十五岁才在睡梦中离世。这样想来，就跟陈醋能腌存小黄瓜一样，想必一肚子的坏水儿也能让坏蛆们长命百岁吧。

我十分沮丧，最后忍不住和阿妮特聊起了此事。

可找人聊聊也不是件轻巧的事，因为我们永远不知道对别人说心里话会产生什么后果。

我们以为吐槽三两件事就打住了，可这就跟用肥皂水洗楼梯一样，要是一不小心多迈出一步去，那就傻眼了！就等着滑下楼梯去吧！我们常常会因为多说了一句话而让自己饱受伤害。

其实我觉得，跟别人聊玛格丽特会暴露我太多的东西。我也没想到会越聊越多。因为我先得解释我们俩是在哪里相遇的，得聊到我每天下午去公园闲逛的事，因为一个人待在家里让我感到焦虑——我也不想一整天都待在菜园子里，尤其是我母亲在那里装神弄鬼的。也必须得提及这位老奶奶花好几个小时为我读故事的事，她和我关于人生、鸽子、阴虱以及其他方方面面的交谈。还有她送我的书，后来这些书我都用荧光笔逐句标了下来，并用手指头指着逐词阅读，否则的话会读串行；更何况即使每行读上三遍，我仍然会越读越弄不懂到底写了什么。更别提我现在常常借助玛格丽特给我做的便条查字典的事了。可不久以后怎么办呢？我最害怕的是，一个人什么都读不下去，因为玛格丽特要是不先把整本书的梗概给我讲一遍，我怕是会左眼看了右眼出，不会经过理解这一环节。

我没有把什么都告诉阿妮特。告诉她我是个可怜的蠢货，我的阅读能力不比一个七岁的小孩儿强多少，这已经需要很大的勇气了。至于在烈士碑上写自己名字和数鸽子的事，暂时没必要跟她讲。以后看情况再说吧。也许有一天会说吧。

阿妮特，当我跟她讲起那个我已经忘记名字的疾病时，她眼睛里噙满了泪水。

她说道："真可怜！我们能做些什么呢？"

我回答说："什么都做不了，这正是让我烦心的事。"

她说："对的！这个，我能理解。"

"我不知道，"我说，"关于读书这件事，我不知道你是不是能理解我。"

"不要紧，你知道，这不会改变我对你的看法。阅读不是你的强项。可是你在别的方面厉害。书我可以为你读。"

"你有书？"

"不多。但是可以到左拉路的图书馆去借阅。"

"当然可以，可是你知道多少钱吗？"

"恰恰不用花钱，是免费的！我姐姐经常去帮她的孩子借阅，一次能借三本，借十五天。"

我问能不能不用借三本。

她回答我说，可以只借一本，不想借的话，也可以一本都不借。这都不成问题。

"能借很久吗？"

"我也不太清楚。我猜过期是要罚钱的。我问问我姐姐。"

接着，我们又聊了些别的事情，然后用我们的双手替代了所有的交谈。

这个女人让我疯狂，她的身上好像涂了胶水一样，只要碰她一下我就完了！比吸铁石还厉害。

"吸铁石"，可能和"吸引"这个词有关吧。

四十八

我又去了尤赛夫家。

我想都没想，就朝他家走去。去的时候将近晚上八点钟，这个时间他最有可能在家。

他开门后，我说："怎么呢，你犯傻了还是怎么着？"

"你好，喝杯茶？进来说。"他说道。

为了显得文明礼貌一些，我在一张棉坐垫上坐下。可是，妈的，我太讨厌这东西了，都不知道腿该往哪儿搁，脚都给我坐抽筋了。

尤赛夫对我说："你看上去很焦虑，对不对？"

我单刀直入："你和史蒂芬妮到底怎么回事？你和她在一起了，是真的吗？"

"是的。要放薄荷吗？"

这时，我发现自己正在经历着物种的进化。因为我给的不是类似"你做得对，她不错，好好享受吧"这样的建议，而是问他："那弗朗席娜那边呢？你打算怎么办？"

尤赛夫耸耸肩膀。

"这个，我也不知道，你理解的。我很犹豫。"

"对史蒂芬妮，你有感情吗？"

"我也不太清楚。我觉得自己是一时没把持住，她天天在我身边绕来绕去，而且她又很可爱……"

这的确让人无法反驳。她那对大奶子，看到就让人升旗。

"反正她很嫩……"

"可弗朗席娜就不再年轻了，这你知道。而这才是问题所在。我和她在一起时，感觉也挺好。这是我纠结的地方。

我不知道该选谁。"

他看上去很犯愁。尤赛夫对我来说，我觉得我就像他的父亲。换作是我儿子的话，我也会对他这么说。

"你做这种蠢事，就不怕左右为难？"我对他说。

"你要是在我的处境，打算怎么办？"

"……？嗨，这个嘛！……你的处境，可是我没在你的处境。首先，你知道，我不可能让自己陷入你的处境，不好意思啊，可是……"

"弗朗席娜现在怎么样？"

"你想让她怎么样？自然总是哭了。"

"真是糟糕。"

"当然是。好了，我要是换张凳子坐，你不会怪我吧，你这个大坐垫让我膝盖都快废了。"

"到厨房来，我做了扫把汤①，一块儿喝点儿吧？"

我们聊了聊弗朗席娜、阿妮特以及我们各自的母亲——

---

① 扫把汤，北非传统浓汤，是 chorba 的音译。

他的母亲，在他九岁时就死了，不是所有人都像他这么倒霉。

尤赛夫对我说，弗朗席娜让他最纠结的是过了能给他生孩子的年龄。而尤赛夫又很喜欢孩子，他的五个妹妹就是他带大的。尤其是那个最小的妹妹，叫法提亚，十七岁，跟只松鼠一样疯，但是十分可爱，所有人都被这个小丫头牵着鼻子走，她指哪儿，大家就打哪儿。

所以这个尤赛夫，他无法想象没有奶瓶和尿布的日子。不久前，我还觉得男人摆弄奶瓶和尿布不合乎伦理。可奇妙的是，听他这么一说，我自己都想这么做了。

"你确定弗朗席娜没办法给你生一个了？"

"这个吧，她已经四十六岁了，所以……"

"好吧，你们领养就好了。她也许不能生，可养孩子总是会的。你知道，不幸的儿童，又不至于稀缺到罕见。"

"你这么觉得？"他对我说。

我回答道："我不是觉得，我是确信。"

"好吧，而且我们还有十六岁的年龄差呢……"

"你实在是瞎担心。这样正好：按照你们这个年龄差，你们以后就能一块儿死了，这样她就不至于守寡了，通常都是女人守寡。"

"你说的也许有道理吧。"他说道。

说到这里，我跟他道了别。回去的路上，我意识到，一个晚上我们只聊了女人，然后我发现自己有些想阿妮特，不只是想她的身体。

于是，我又去了她家。

四十九

我思考了一番。

得出的最终结论是，阿妮特当然可以为我读书，但我自己也可以试着读一两本。从头到尾全部读完。假如我做得到，等玛格丽特完全看不见时，我就也能为她朗读了。

这便是我的思考。

我去了图书馆，因为阿妮特跟我提到了图书馆，也因为巴先生关于离世老人的比喻。可以免费进，倒是很方便。

图书馆里的书能装几卡车，能让你读到恶心。也正像朗德洛蒙说的那样，选择太多，反而让你无从选择。

我站在那里，不知该如何是好。过了一会儿，坐在办公桌后的一位好心女士问我：

"您有什么要找的吗？"

我回答说："找本书。"

"您来对了地方。要是有能帮到您的地方……"

"确实很想让您帮帮我。"我对她说。

"您要找的书名是？还有作者是……？"

这！她让我自己说，可我怎么会知道呢！

看上去，她在等待我的回答。

我心想，要是继续这么下去，她会发现，像我这样的人不配出现在这里，然后会把我赶出门去。于是，我又说："其实，我不是具体要找哪本书……只是随便想找本书读读而已。"

她说："是的，很好，我懂了……"

她面带一种近乎冲业绩的微笑问道："纪实类？散文类？虚构类？"

"都不是，都不是，就是找一本讲故事的书，您明白吧？"

"那就是虚构类了。哪一种呢？"

"短的。"我说。

"短篇的？"

"不，不要新闻短讯类。要想象出来的故事。"

"……？长篇？"

"对，是的，长篇。长篇可以，但是要很短的那种。"

她站起来，一边朝书架走去，一边不停地自言自语："很短的长篇小说……很短的长篇小说……"

"最好是简单的，如果您这儿有的话。"

她停住脚步，说了声："这样啊？"又问道："给几岁孩子读的？"

这个女人开始让我无法忍受。

"是给我祖母读的。"我说道。

这时，一个男人带着两个毛躁不安的小孩儿走了进来，并向她招手。

她跟我说了句"我马上回来，您趁这个时间好好看看，成人小说都在这里"，就走了。

她说的"这里"是六排三米长、一点八米高的书架。书架是用中密度山毛榉材质钉成的，支柱是预制的，搁板是由窄面打的钻孔。我溜达了一会儿。一会儿从这里随手取下一本书，一会儿从那儿取下一本书。

但是书太多了，而且样子都一样或者说大同小异，这让我非常沮丧。我看到正对面儿童区那里有一个男孩儿，他先是皱着眉头逐本浏览书架上的题目，接着取下一本确认封底到底写了什么，然后再放下。走远一些后，他又取下一本重复起同样的动作。

我心想，得，这么做倒不是个笨法子，那么我也从封底了解一下书里写的都是什么故事吧，应该可以为我省些麻烦。

事实上，这么做，对我来说一点儿用处都没有。

我可以告诉你们，小说封底印的那些东西，让人怀疑是否真能激发读者阅读的欲望。反正可以肯定的是，那不是写给我这种人看的，上面写的全都是些让人摸不着头脑的词汇——什么"无法规避的""富有成效的探寻""令人叹服的简约""复调小说"……反正，没有一本让我觉得简单易懂，还不如直接告诉我写的是探险故事还是爱情故事呢——又或者，是关于印第安人的故事也行。反正，总之吧……

我心想，你要是连摘要都读不懂的话，其余的你还想读懂什么呢，傻蛋？

书和我的关系就跟我的感情生活一样，总是开局不利。

这时，那个女人回来了。

"您最后找到您想要的了吗？"

我不知道怎样向她说出"没有"二字，于是给她看了看我刚刚顺手拿起的一本小书，对她说，是的，找到了，我借这本。

她吃惊地看了一眼，神情让我觉得很不舒服。我心想，得了，既然看上去就是傻叉，那就索性傻叉到底吧，我问她："您觉得，对我祖母来说，这本书可以吗？"

她微笑着说："噢！是的，是的，当然可以。我有点儿吃惊，因为您一开始说不想借短篇，可是这本……没事，没事，这是本好书。您会发现，写得非常美，尤其是第一个故事，这本选集就是以这个故事命名的。很有诗意，很感人……我相信她会喜欢的。"

然后，她在借阅卡上填上了我的名字，并对我说："您可以借十五天，在这期间您一共可以借三本书。"

我回答："好，谢谢，再见。"

出门时，我看到书名是《外海上的孩子》。

我对书中写了什么充满疑惑。

五十

借来的书，我没有马上打开，而是等了两三天才读，但我有时会拿起来瞧一瞧。我就像偷看女人裙底的变态狂一样，跟没事儿人似的掀一掀封面，然后立刻合上，再去弗朗席娜餐馆或者到花园中去逛逛。

后来，我又一次听到自己内心的呼唤，这个声音说道："日耳曼，妈的，还等什么？让一本书吓成这样，还是怎么的？你想过吗？想过玛格丽特吗？"

我心想，那就让我试试吧，要是我用荧光笔标出的第一页内容全都读不懂或者几乎读不懂，那就只好放弃了。

于是我开始了阅读。

"这条浮动的街市是如何形成的？"

到此为止，还说得过去。虽说这句话没有任何含义，但是却也说得过去。

"是哪些水手，在哪些建筑师的帮助下，于大西洋外海的海面上，在六千米的深渊上方，建造了它？"六千米？去掉三个零，就是……六十，不，是六，也就是六公里。六公里长的深渊？靠，那还挺深的！六公里。

真牛。

"这长长的街道……这岩灰色的屋顶……"到这里，仍然说得过去。

"……这其貌不扬而又亘古不变的店铺……"

啊，糟糕，我想，困难来了！什么"亘古不变"。好吧……

先查"亘"字，查上面的部首"一"……"亘"字去掉"一"还剩下五画。

那么再查"一"部的五画部分。好的，在五画这一部分找到了"亘"字。

查到"亘"的意思是"延续不断"。

然后再在"亘"字的定义下找到"亘古"，意思是"整个古代"。另外，还能看到"亘古不变""亘古未有""亘古至今""亘古以来"。对了，要找的就是"亘古不变"。

"亘古不变"的含义是"从古至今都没经历过变化的"。上面那句话的意思也就是"没有经历过变化的店铺"了。巴依路上那家莫河东面包店就是如此，面包店的老板十分吝啬，二十年都没重新粉刷过店面了，而粉刷一下又实在很有必要，因为现在看上去脏得很。

就这样，我读完了第一页，最后一句是："这一切是如何做到屹立不倒的呢？甚至无惧海浪的摇动。"

这一页就这么结束了。

没遇到太多障碍就读完了。没有卖弄的意思，但是可以说，除一个单词没明白之外，其他的单词我都读懂了。

我没理解故事想要说什么，但仍然翻过了第一页。

另外，书中还写到一个十二岁的女孩儿独自一人在流动的街道上行走。起初，我无法想象那是一幅怎样的场景，但是读到后来，疑惑消失了，我猜应该是和威尼斯一样吧。

每当船只靠近时，小女孩便在海上沉沉睡去。她入睡时，村庄也会随她消失在水流下——另参见"巨浪""波涛""浪潮"等词。

没有人知道存在这样一个小女孩儿，没有人知道。

她的壁橱中，从不缺吃的，面包店的柜台上一直有新鲜出炉的面包供她食用。她打开一瓶果酱吃时，"果酱并不会稍有减少"。她应该申请专利才对，她的这项诀窍肯定会引起有关部门的兴趣，因为这样就可以源源不断地为学校食堂和老人院供货了。

她的日常活动是看一些老照片，装作去上学，早晚都会打开窗户。"夜里，她用蜡烛照明，在灯下缝纫衣物。"而当我得知这个小女孩儿迷失在这一片虚无之中时，心里有些不是滋味儿——这很傻，我知道。我生平从没见过——哪怕是在书中呢——还有谁如此孤单，还有谁彻底被世人所遗弃呢。

我很快读完了这个故事，只用了三天时间——其实这个短篇集中并不只有这一个故事，而是一个接一个地有好几个故事。

为了确定自己读懂了这一整个故事，我又重读了一遍最后一段，最后一段的第一句话是："在外海上沉思的水手啊……"然后，我又从头开始，一遍又一遍地反复阅读。

我好像看到她在佯装聆听老师讲课，然后她还假装乖乖地做练习题。我心想，她应该在边写边吐舌头，手上想必也沾满了墨水吧，她一定还会到处涂抹——我在她那个岁数，连身上也涂抹得到处都是。

但是并没有，她比我细心，她的练习本十分工整。

她照着镜子，恨不得快快长大。

我当然十分理解。因为，我自己还是个孩子时，唯一期待的事情就是长大。长大并开启人生。我们做傻事无非也是为了打发长大之前的时间。

我们花许多年的时间盼望自己长大，可是等到真的长大后，又后悔长大。

总之，这是我们内心的独白——也就是我们自己私下的思考。

当冒着蒸汽的小货船穿过村子中央时，我心想船上的人会救走小女孩儿吧。可事实并非如此。这时，一个浪头朝小女孩儿涌来，巨浪长着一双惟妙惟肖的泡沫眼睛，竭尽全力想要帮助她结束生命，却总是功亏一篑。我可以告诉你们，这幅场景看得叫人心惊肉跳——反正是看得让我心惊肉跳。

但奇怪的是，我越是反复阅读，越是发现这个女孩儿正在我脑海中老去。其实，她变成了玛格丽特，变成了一个苍老的小女孩儿，跟麻雀那样玲珑，长着和玛格丽特一样的眼睛以及她那灰紫色的头发。

小女孩儿越是像玛格丽特，我读到结尾处时便越发觉得揪心，最后你发现故事描述的是"一颗既不能生，又不能死，也不能爱的灵魂""可她痛苦起来却仿佛是在饱尝人生的煎熬和爱情的折磨，又像是永远地处于死亡的边缘"，总之"那是一颗被永远放逐于水之孤寂中的灵魂"。

说不出为什么，我只是觉得玛格丽特内心就住着这样一个有些忧伤的小女孩儿，等待海浪，而海浪却又迟迟不来。

有时，我们是会有一些这种印象的。

五十一

以前，我不曾端详过玛格丽特，只见过她沿花园小径迈着小碎步从远处走来的样子。有时候，是她早已在长椅上坐着等我，我们互道"你好"，然后就开始数鸽子，或者一起读书，我们从来不会像没教养的人那样相互打量。今天，我想好好观察她一番。

观察，就是带有实用目的地去看，目的是记住。这样一来，你会看得更细致。这是一定的。甚至会看见你并不想看见的东西，但是也只能认了。

比如说，她现在写字时——读书时也一样——会略微朝一侧歪着脑袋。起初，我觉得她的这个新习惯很有趣。我心想，瞧！她侧着小脸儿，看什么都会把目光朝向一边，就跟麻雀似的。可这根本不是她刻意呈现的姿态。她歪着脑袋是为了更好地阅读。否则，她根本看不清眼前的东西。玛格丽特开始用眼角瞥视人生了。

她行走时，动作也开始有所迟疑。反正，如果仔细观察，是可以发现这一点的。

但是，假如我仍像以前那样是个自私鬼的话，就不会察觉任何变化。

如今，道别后，我都会送她到位于解放大道一侧的大栅栏门前。让她一个人回去，会让我觉得心中有愧。

我对她说："玛格丽特，我和您一起走，陪您走到公园大门前。"

她则回答说："哦，不，日耳曼，您实在是太热心了，但这让我感到不安，因为这样您就得绕远路了！"

我跟她说，这不成问题。要说绕远，可能也就两百来米！只不过对老人家来说，一米距离怕是比这漫长得多。

"不管怎么说，让您浪费时间了，我很清楚！……"

时间这东西，我多得没处放，不用来浪费，又能给我带来什么好处呢？

我走在她旁边。也可以说我在她上空伴走。由此可见她是多么矮小，因为我足足高出她五十公分。

有时候，看到她走在公园小路上，不是径直前行，而是时不时地偏离"轨迹"，我很想搀起她的胳膊。可是，只要她还站得稳，我就让她自己走。我不想打击她。只有看到她走得太过弯弯曲曲时，我才会——神不知鬼不觉地——转到她的另一侧去，悄悄带她归位。

出了公园后，我不大敢一直跟她走到老人院。我会倚着栅栏门，看她像一只老迈的鸭子一样蹒跚远去。

我一直盯着她，以防万一。

我想象着她在混乱的交通中穿过人行横道时被路人推搡的狼狈样子。我想追上去，替她拦住汽车，吓退人群，让她独享马路。

我心想，照料祖母不比陷入爱河更加轻松。

恰恰相反。

五十二

为了让自己朗读起来有模有样，我确实得下一番功夫才行。不过，好在我在这件事情上有股子倔劲儿。

一天下午，玛格丽特和我，我们在长椅上坐着，我对她说："我要给您一个惊喜！"

她说了句："噢？是吗？"然后接着道："我最喜欢惊喜了。"

"这说明，您啊，很有女人味儿！"我回答说。

她笑了起来，说道："应该说，如今只剩下一点女人味儿的痕迹而已……"

说着她给我做了一番解释。我也笑了起来。

"好了，那么，惊喜在哪里呢？"

"闭上眼睛！"我说。

也许她以为我要送她礼物或者巧克力什么的。

但是，我只是对她说："您瞧着吧，非常有诗意和感人。"

接着朗读便开始了，说了你们可能也不信——但我确实紧张得跟鬼似的："这条浮动的街市是如何形成的？是哪些水手，在哪些建筑师的帮助下，于大西洋外海的海面上，在六千米的深渊上方，建造了它？"

"相当于六公里。"我评论说。

她微笑起来，但是继续闭着眼睛。

于是，我继续朗读。

应该说我是提前练过的。先是一个人在心里默默地练，然后大声练，后来又在阿妮特面前练，阿妮特会给我一些建议，例如："等等，这样可以，但是慢一点儿，用力些。"

听上去就跟做爱一样。

"那个孩子以为自己是这世上唯一一个小女孩儿。不过，她到底能否意识得到自己是个小女孩儿呢？"

玛格丽特双手合拢，放在膝盖上，乖乖地倾听着。在公园里放声读书给十四只鸽子和一个老太太听，这让我觉得好玩儿。

我一边往下朗读，一边脑海里浮现出另一条思绪：我想，要是败乐先生那个坏蛆能看到此刻的我该多好啊！要让他还有其他人瞧见这个场面，要让其他所有人都瞧见。

现在想来，那天的我的确颇感自豪。

我朗读到了第十三页"那个外海上的孩子不知道远方的景致如何，她更不知道世界上还有夏尔和史蒂昂沃奥尔德这两个人"这句话。"史蒂—昂—沃—奥尔德"这个名字，我是瞎读的，我又不懂外语，也没有脚注告诉我应该怎么发音。

"咱们下次再把后面的故事读完，您看怎么样？"我说，"因为我先得去图书馆把书还了。但是，您喜欢的话，我再续借。反正是免费的，无所谓。"

玛格丽特睁开眼睛，她说："日耳曼，真是个不错的惊喜。我完全不知道该怎么感谢您。"

　　然后，她接着说："但是……我可能知道了！您看哪天一直把我送到公寓，可以吗？"

　　"当然可以了！要是您乐意的话，我待会儿就可以送您回去。"

　　"您方便吗？"

　　"不成问题！"

　　这一天，朗读的事由我包了，所以玛格丽特没有为我读什么故事。她只是让我找一天把剩下的部分为她读完，假如我乐意的话。

　　我说："当然可以，如果您喜欢的话。"

　　她要是不让我读完，我才觉得尴尬呢，这个既充满诗意又很感人的混蛋故事，我是下了一番功夫才学会朗读的。

　　然后，我们又漫无边际地随便聊了一会儿，并没聊到什么具体内容。

　　过了一会儿，她漫不经心地随口说道："不瞒您说，恐怕用不了多久我就得去买根拐杖了。眼下我已经开始看不清有的障碍物了。”

“这让您很困扰吧？”

“咳！坦白说吧，我有些无法接受自己拄拐杖的样子……”

“您想买根金属的还是木头的？”

“我呢，倾向于木头的。金属的就跟假肢一样。等我老了时，再拄金属的也不迟……离那天还早着呢，是不是？”

我笑起来。她也笑了。

我对她说：“我问您要什么材料的，是因为要是买拐杖的话，我倒知道哪里能买到漂亮的栗木拐杖。我认识一个人，是祖传做拐杖的。我带您去，您觉得怎么样？咱们可以找个星期天去看看。离这儿不到一个小时，都是些小路，我开得不快。”

她面带遗憾地说：“日耳曼，您可能觉得我可笑。可是我晕车。如果不是我开车的话，我会恶心得厉害……我开车时就完全没有这个问题。唉！可是，从现在起，我是不可能再开车了，我成了公害。”

“我可以替您去。和我女朋友溜达着就能去，然后给您带份产品目录回来。"

"那好，但前提是不给您添麻烦……应该说，要是我能挂着根漂亮的栗木拐杖在公园里散步，那也是件相当风光的事。"

"敲定了，就这么敲定了！"

她问我是否仍然愿意送她回公寓。

我说当然愿意，我又不是说了不算的变色龙。

她生活的公寓就跟巴掌那么大。只有房间、客厅和阳台。但是朝向很好，既不嘈杂也不潮湿。还算可以。虽然缺一个花园，但还算可以。

她向我展示了从世界各地收集而来的藏品，对我说："日耳曼，现在该您闭上眼睛了……不许作弊，答应我！"

"发誓！"

我听她打开抽屉，寻找了一阵子，然后回到我面前，让我伸出手，她在我手中放了一件有些沉重又有点儿冰凉的东西。

"您可以睁开眼睛了！"

我睁开眼睛，说道："噢！太他妈的……！"随即我又说了句："噢，不好意思……太帅了！可是我不能要……"

"请您收下，就当是让我开心了。"

是一把拉吉奥[①]，但称得上是巧夺天工，绝对是件珍品！刀片是用大马士革钢打磨而成的，刀身用的是熟钢，牛角尖的刀柄，刀柄端头和刀鞘用的是黄铜，还配有一个方便随身携带的漂亮皮篓。

即使在希瓦罗部落，这个物件也得值老鼻子钱了。

"作为交换，我得给您一枚硬币。"我边说边翻起衣服口袋。

"给我一枚硬币？为什么呢？"

"否则咱们会闹掰！您不知道这个讲究？"

"不知道啊！跟我说说呗？"

"送人刀的时候，作为回馈，对方一定得给送刀人一点零钱。找到了，我这有二十生丁[②]，但重要的不是钱多少。

---

① 拉吉奥是一款法国刀具品牌。

② 生丁，欧元区货币单位。一欧元相当于一百生丁。

您好好留着，别花出去了。"

玛格丽特很认真地伸手接着。

她说："噢，噢，看来我得找个只有我自己知道的地方，把这枚宝物藏起来。"

她有点疯的样子也让我很喜欢。

五十三

我说到做到，去帮玛格丽特挑选了栗木拐杖。但是，是我自己去的。倒不是为了甩开阿妮特，而是因为我脑子里琢磨事情时，不能分心。我认识做拐杖的克莱芒。

我对他说："克莱芒，给我拿一根漂亮好看的，只打磨过的就行，一定得是没上过漆的。"

他问道："是你要用的？"

"不，给我祖母的。"

"她多高？"

我回答说："这个嘛，差不多到我这儿。"

"好，那么，就来根儿童杖吧。她看上去不高嘛！"

他让我从一堆拐杖里去挑。我买了两根，防止万一没买对。

起初，我还在琢磨刻什么图案，是只雕刻握柄好呢，还是把整个杖身都雕刻一遍才好呢？除了小时候曾特意做过一只羊送给艾莲娜·莫兰，我从未专门为谁雕刻过东西。那个时候，我喜欢艾莲娜·莫兰，可是这个贱货把我给卖了，她把那只羊拿给全校的人看。我为此咒骂了她至少一个月。

后来她果真嫁给了博瓦罗这个大傻叉，可见迟早都是要还的。

可是这一次，情形完全不同。

我决定刻上一只鸽子，脖子要伸得长长的，就是平时觅食的样子，这样一来就可以把握柄的曲线部分全部覆盖起来。至于鸽子的喙部，你们看，我把它雕成了凸起的形状，握在手心里的感觉会很舒服，喙端也被我雕成了圆形。我还用焊条烫了两只眼睛，看上去就甭提多么活灵活现了。然后，先用 00 号细砂纸打磨了一遍，再用黄羊皮布擦得锃亮，最后上漆。确实花了我不少工夫，但是，妈的，真漂亮哪！

完工后，我把它摆在了床前。

阿妮特夸我雕工精湛，在我这里住了一宿。

我夜里起来了两三次，说是去撒尿，但那不过是借口，其实是为了瞧瞧拐杖。我还没到前列腺增生的地步呢。

五十四

我迫不及待，想把礼物给出去。

见到玛格丽特从花园小径的尽头走来时，我心中泛起一阵悸动。

我起身，向她递上拐杖，对她说："给您的。"

别的话我也说不出口。

她仰视了我一番，脑袋微微有些向一侧歪着。

她接过拐杖，两手攥住握柄，轻轻地摸来摸去，仿佛真的在抚摸一只鸽子。

我问她："您喜欢吗？"

"啊，我得承认，做得还不赖。"

还不赖？妈的，她的话让我一阵失望，就像扎过来一把匕首。

"显然，这是曲言！"她说道。

"不，这是鸽子。"我回答说。

她微笑着说："日耳曼，'曲言'是一种表达方式……就是说，为了更好地描述白色，偏不谈及白色，而是大谈黑色。例如，说拐杖不赖，其实就是想表达我觉得它好极了。绝对是件艺术品。让我很感动。"

随后，她忽然十分激动地接着说："是您做的吧，日耳曼，是不是？拐杖是您雕刻的吧？"

"用您送的刀。"我说。

我说的当然不是实话。因为雕刻时只有欧皮耐尔和钻木凿我才用得惯。可是，我看不出在这方面撒个小小的谎，又能碍着上帝什么事，他的第九诫也只是规定不要做伪证伤害别人。除此之外，他并未禁止撒谎。我总不能斗胆比他皇帝老儿还要维护他们皇家的利益吧。

反正，我看得出，听我提及这把刀时，玛格丽特很是感动。因为她说了句"是噢……"音色里带了些许激动，同时她还握住我的手。整个下午，都没见她放下拐杖。这说明，我额外进行一番雕饰是对的。

过了一会儿，她对我说："日耳曼，您知道哪儿有四手联弹钢琴琴谱吗？"

"'四手'什么？"我问。

"有些曲子是可以两个人同时在一件乐器上一起演奏的。当然，只有在钢琴上才行……"

"那当然了，竖笛肯定不太行。"

她发出她那铃铛般的笑声，然后说道："其实，我是这么想的，当然是在您同意的前提下……我想我们不妨两个人一起读读看？趁我还能看得见。"

"四只眼睛一起读，是吧？"我说，"当然没问题。"

我会很开心。

五十五

第二天，我来到弗朗席娜餐馆。弗朗席娜外出购物，让我帮忙照看生意。我取出刀，有一搭无一搭地修剪起指甲。

马可说："噢，王八蛋！哪儿搞来的漂亮家伙？"

"给咱瞧瞧？"于连说。

朗德洛蒙拿过去仔细地看了又看，打开又合上，还把刀刃在指头肚上划了一下，就好像他也懂刀似的。

"活儿真精细！"他说，"从哪儿搞到的？"

"别人送的。"

他们同声问："谁啊？"

"我祖母。"我回答道，但是没有说是哪个祖母。

"你的……哪个祖母？"朗德洛蒙问，"就是咱们都认识的那位？你母亲的母亲？"

"我祖母。"我又说了一遍。

"就那个老货？她现在送你礼物了？我还以为她连你和

你母亲一块儿讨厌呢。"

"确实是，你家的娘们儿都有点不正常。"马可评论说，"还好你没有姐姐或妹妹！"

我让他们搁下这个话题，让我消停会儿。这时乔乔来了，在我们旁边坐下，点了一杯开胃酒。

他也说道："妈的，你这把刀真他娘的漂亮啊！"

不等我回答，他接着说："哥儿几个，咱们就要说'掰掰'了。我要搬家了，我在波尔多找了份工作。"

我们异口同声地说："这可真是的！"

于连告诉他波尔多可不是在跟前。

"可是，城市很漂亮！"朗德洛蒙说，别看他足不出汽修厂，但是杂志却看了不少。

"弗朗席娜，她知道吗？"

"不知道，我本打算今晚不辞而别来着……"

"你这可不够地道。"马可说。

"当然是假的了。弗朗席娜，她当然知道了。你以为呢，蠢驴！觉得我会跟个没家教的瘪三似的就这么走了？我已经事先跟她打过招呼了，她要是需要的话，我会继续待一阵子，帮着带带新人。"

马可耸耸肩膀。

"坦白说，我不太知道你走得是不是时候，你懂吧……弗朗席娜，她会崩溃的。先是尤赛夫把她甩了，现在你也要走的话……"

乔乔笑了，他说："得了，别操闲心了！弗朗席娜打昨晚起就好多了……"

大家还没来得及问为什么，她就进来了，一脸的满足，尤赛夫跟在屁股后面，抱着几大袋子采购回来的物品。

"啊，懂了！……好像，重归于好了！……"马可说。

尤赛夫朝我们使个眼色，说："我赶快卸下东西，就来。"

"你的私生活和我们可没关系！"于连开玩笑说。

然后，趁着等尤赛夫的工夫，我们又说笑了一阵子。他再露面时，朗德洛蒙说："好像弗朗席娜没那么讨厌你了。"

尤赛夫说："什么她没那么讨厌我了。她压根儿就不讨厌我，我都回来了，她为什么讨厌我，她跟你说什么了，还是怎么着？"

"唉！好了！冷静点儿，我开玩笑呢……"

我在旁边插了一句："这是'曲言'。"

尤赛夫问："是什么？"

"'曲言'。换句你懂的话，就是说为了更好地描述白色，偏不谈及白色，而是大谈黑色。说'她没那么讨厌你'的意思是'她爱你'。操，你有时候真是笨得不透气！"

朗德洛蒙叹口气："正是，完全正确，是'曲言'。"

但是，他看我的神情却显得有些担忧，现在每当我说句聪明话儿时，他都是这副表情，叫人觉得，再这么继续下去，他可能得伸手试探我的额头，看我是不是发烧了。

他接着说："日耳曼，你别介意。但是，坦白说，我都快不认识你了。我在想，我是不是更喜欢你以前那个样儿，因为现在的你有时候让我害怕，你明白吧。"

马可也说道："你确实是变了！现在几乎不喝酒了，也不跟我们开玩笑了，还说些别人听不懂的话。到最后，唯一还会做的事可能就是操阿妮特了吧，当心吧，你小心点儿！……"

我什么都没说。

的确，以前我让他们笑口常开，总跟他们讲些荤段子或者关于比利时人、犹太人或者黑人的笑话。不过，我不会拿意大利人开玩笑，因为马可。也不会拿阿拉伯人开玩笑，因为尤赛夫。朋友，是神圣的。

可今天我发现，这些故事其实也没那么好笑。只是因为喝醉了，人的笑点就低了，听见不丁点儿事就想笑。你们知道吗？粗俗这种习惯说养成很快。我这么说，颇有些现身说法的意思。

我先是因惯性而变得粗俗，随后就一直无下限地粗俗下去了。

后来数鸽子时，突然有一天偶遇了一位无所事事的祖母，随之跟着她读到了关于《鼠疫》、希瓦罗人还有那位永远怀念母亲的加里先生的故事。还有那位威尼斯女儿，当然了，故事发生的地点是海洋的洋面上。那本字典就不用提了，无论如何也是本耗精力的书，要想查单词，就得花上不少工夫。慢慢地，我就看什么都不一样了。感兴趣的东西也不一样了。也不再"操"，而是"做爱"。对母亲也能容忍了。还学会去图书馆了。

就是说，什么都跟着变了。

于是，很显然，在行为方面可能也会发生一些改变。

我这几个哥们儿，我理解他们的态度，我没有批评谁的意思。不可能让所有人都开心，这是肯定的，没法做到既将就他们又将就我自己。

不过，我完全不在乎。

五十六

一天早晨，我看见母亲正在一畦生菜中间冒雨向灌溉水管喊话。

"你最好赶快回去。"我对她说。

"怎么了？"

"因为在下雨。"

"你啊，我知道你葫芦里卖的什么药。"她说。

"好，不是在下雨，是天上在往下倒水，行了吧。你现在看一看，拖鞋都成什么样子了。"

我一直把她送到房前。她不想任人摆布，吼叫着让我这个忘恩负义的贱崽子放开她，说我粗暴对待像她这样的可怜老人应该感到羞耻才对。我心想，邻居们总有一天会报警，并请警察针对我们启动"民事安全应急方案"以及其他乱七八糟的机制。迟早的事。

我几乎是把她扛进去的，我拽她时她并未反抗，只是全身瘫倒在地，一动不动。

房间里，一件黑色裙子挂在衣柜立柱的衣钩上。

"你是要去参加葬礼？"我问，"老德比依总算死了？"

"不是，"她回答道，"这裙子是我给自己预备的，留着我走的时候穿。我想穿着它下葬，最适合不过了。"

"你啊，身体再好没有了。"我对她说，"你还能再活二十年。"

我心里想的是，她活三十年都不成问题，老不死的。

她看上去精神不是很好，我给她冲了杯咖啡，扶她上了床。

然后去了朗德洛蒙的汽修厂，让他帮我调一调车的点火系统。

她当天晚上就死了。

十分出人意料，因为我一直笃定我会死在她前头。

不知道她是因为什么走的，我觉得是中风。总之，走得干脆利索。我跟市政府作了死亡登记，并安排妥当了后续需要处理的诸如出殡之类的一切事项。

下葬时，大家都来了。朗德洛蒙醉得一塌糊涂，因为葬礼容易让人联想，总会让他想起他那可怜的科琳娜。

可他越是醉得厉害，表情就越是肃穆，和这种场合倒是很协调。

是乔乔、于连和马可帮我抬的棺材。

弗朗席娜把餐馆大堂借给我办了一场丧宴，一是权当我们哥儿几个的一次私人聚餐，二是恰好借这个机会为乔乔送行。阿妮特和弗朗席娜不仅一同布置了漂亮的桌花，还在没用完的丧帖上挨个写上了客人的姓名并安排了他们的座次。

我们家那边都死绝户了——这个词里有个"绝"字，是一个都不剩的意思——所以只有我祖母就棺材、鲜花、我的朋友还在餐馆举办的丧宴发表了几句没有分寸——参见"不分场合""不合时宜""欠妥"等词——的感言："败家子！

败家子！花这么多钱，讲这个排场干吗呢？"

"姥姥，我们听够了。"

"噢！你就是个贱种！不愧为你那个'婊子妈'生的儿子！"

"没错，姥姥。"

"日耳曼，那边儿那个胖妇女，在厨房里和一个小伙子舌头贴着舌头亲嘴儿，她是谁？"

"是弗朗席娜，姥姥。"

"她看不见吗？她亲的是个阿拉伯人。"

"姥姥，请闭嘴吧。"

见她说话越来越难听，朗德洛蒙跑到吧台给她调了杯鸡尾酒，"查泽太太，喝喝这个看，您激动了这么一通，好好醒醒神。"

"真不错，"她说，"您再给我来一杯？"

我对朗德洛蒙说："酒劲儿别太大，毕竟也是八十岁的人了。"

"别担心，我给她调的是适于婴儿的酒精度。"

后来，外祖母被扶着去了弗朗席娜的卧室，这让我们清静了不少。

五十七

公证人奥利弗尔星期三打电话来吊唁："查泽先生，真是可惜！这么善良的一位妇女，这么年轻，走得又这么突然！"

"的确！"我说，"人真是渺小。"

"查泽先生，既然说到这里了，我想约您到事务所来，一起把令慈财产继承的事办妥当了。"

他告诉我，将由我来继承房子和空地。

"您搞错了，"我说，"我母亲是租客。"

"没搞错，没搞错，"他对我说，"一点儿都没错，她是房主已经有二十多年了。您是她唯一的继承人。"

他又说，这还不算，她还给我留下了别的东西，可是电话里说总归不太保险……

他想知道我什么时候有空，可以预约一下。

"我都有空，哪天都可以。"我回答说。

我跟索仆拉夫公司的合同已经结束整整一个星期了。

我星期五早上去了公证人事务所。那座房子没给我留下过一丁点儿美好的回忆，我看不出有什么好搬进去住的。除了房子，母亲还给我留了一大笔钱。

那是她一个子儿一个子儿地为她的儿子——也就是为我——积攒的。

叫人难以置信。我小时候，她就跟对一只趴在她脚底下玩耍的狗一样对待我，只要我说话的声音比别人大，她就"啪"的一下，一记耳光酸酸爽爽地打将过来。尽管这样厌恶我，可她仍然是只要上帝让她活一天，就攒一天的钱替我养老？！

你们想想看是什么道理。

在公证人那里，还存有一个写了我名字的大信封。里面装的垃圾东西中有两套婴儿背心、一只印有"日耳曼"字样的手镯，还有一段皱皱巴巴的褐色橡皮筋。

"这是什么玩意儿？"我问。

奥利弗尔一副怪异的表情。

"呃……我倒是想起来了……您看，我没详细问她，是她自己告诉我的……反正，简而言之，是一段带子。"

"什么带子？"

"脐带。我觉得好像是您的一段脐带。"

信封里还有一张照片，是她还很年轻的时候和一个浅色眼睛的人在旋转木马上拍的，照片背后写着"日耳曼·德比依和我，1962 年 7 月 14 日"。

所以那家伙是我的生父，就是在那个国庆节，拍照一两个小时后就把她搞大了肚子。妈的，我想，他也叫日耳曼？

这一切，玛格丽特是不会想到的……

临走时，我问奥利弗尔："对了，我一直想知道……要是立遗嘱的人有什么遗愿的话……"

"说下去……我可以给您哪方面的建议？"

"打开遗嘱的那个人，被要求做什么，他必须得照办，是不是？"

"啊，不，绝对不是。这纯属个人意愿。假如死者留下的是不可能满足的要求，或者留下的要求违法或违反道德，那么没人应当盲目遵守他的心愿。"

"······？"

"您明白了？"

"也就是说完成他的遗愿并不是必须的？"

"无论如何，都不能强制。问这个问题干什么呢？"

"没什么，没事儿。"

这个回答让我沮丧，看来在烈士碑上留名这件事上，雅克·德瓦勒又赢了。此刻，我意识到自己有一阵子没在烈士碑上写我的名字了。

我心想，对于无法名垂后世，我究竟是不大在乎的。

五十八

公证人把信封交给我，同我握了两次手。

我拿着这堆乱七八糟的东西回到家中，把它们随便摊在桌子上。

阿妮特来看我时，问道："这是什么？"

"是我母亲留下的遗物。"我回答说。

她拿起照片，靠近窗子，问我："这是你母亲？"

我说是。

"那时她多大？"

"这么说吧，按照我的岁数推算，她应该十八岁。不过，没完全到十八岁。那是我父亲让她怀上，怀上我的那天。"

"这么看，她真漂亮。有意思，再看看她后来的样子，真不敢相信。那么，男的是你父亲了？"

我说了声"嗯"。

"你以前见过这张照片吗？"

"从来没有。"

"现在见到他的样子，你应该觉得有趣吧？"

我说"是"。

"好像他比你母亲老不少呢。"

我说："不管怎么看也不至于吧。"

他大她十二岁，7月14日国庆舞会后把她给办了。

阿妮特小我九岁，五一劳动节舞会后我把她上了。

也许我随我父亲的地方不只有眼睛。

这时，阿妮特正双手捧起我的脑袋说："让我看看你的眼睛。"

"好了，别闹……"

"来，让我看看。你眼睛随他，不是吗？没错，没错，你瞧！反正，他也挺高的。但是不如你可爱！"

"说什么呢！"

"你最帅，亲爱的。"

"别说傻话了。"我笑着回答说。

"你知道怎么让我闭嘴的，不是吗？"说着，她冲我眨眨眼睛，并开始以她特有的方式亲吻我。

这个娘们儿，真是不可思议，让人觉得跟没骨头似的，怎么搂抱都行，哪儿都软绵绵的。

简直就是一团羽毛。

随后她问我："你打算怎么处理这些遗物？"

我不知道怎么办。把这些破烂儿塞给我，这是母亲又在使坏呢吧。她居心不良，我太了解她了。说我了解她，就好像我骨子里得了她的真传似的。这个老贱货，她是知道的，知道我不会扔掉脐带和我那位从未谋面的父亲的照片——况且还仅此一张呢。

阿妮特说："你知道该怎么做吗？你把全部东西装进一个漂亮的小盒子，就这么简单。"

"装进盒子，然后呢，我怎么办？摆在电视机上？"

"你把它埋了。"

既然我法律上的父母和亲生父母都已入土，她这个建议倒是不赖。

"或者要么……"

阿妮特停了一卜。

"要么怎样？"

"要么留着给孩子。尤其是照片。至少给他们留一张自己祖父母的照片，对他们来说也不错。"

"我要是有孩子的话，倒也是不错。"

"……"

"噢？"

阿妮特的眼睛里闪动着欢度圣诞节时的兴奋。她说："亲爱的，只要你想要的话，要是你想要，咱们就留着它。

你想吗？”

我说：“那好。”

换作你们，会怎么做呢？

她笑着钻入我怀里。

不停地说：“亲爱的，亲爱的……

“我还确定怀的是个女孩儿呢。”

紧接着，她又说：“我们会幸福的，你看着吧。”

我想我已经看到了。

五十九

第二天，我跟玛格丽特说了我母亲的事。

她把手放在我的手上说：“您的妈妈？哦！日耳曼，我替您感到难过！真是个噩耗。”

“咳！您知道，我母亲和我……”

我没有继续说下去，她是不会明白的。在玛格丽特出生长大的那个圈子里，母亲们都有个当母亲的样儿。我们家所有那点儿烂事，什么我的母亲动不动嚷叫到把邻居都招来，什么相册也被她裁得不像样子，还有一吵闹就摔门这些行为，你们都已经知道了，我也不想再跟她唠叨一遍。

我向她肆意宣泄对人生不满的那一天——就是字典风波之后——我看到她着实为我感到难过。而她现在的日子已经够难的了，我不想再给她添堵。

爱一个人时，应该将她保护起来。

我的母亲和我的关系因为死亡的缘故就这样终止了。毋庸多言。这是最好的结局。

玛格丽特，她应该觉得我很难过吧。但事实并非如此，而我也并不为我的心态感到可耻。怎样才能跟她解释明白呢？她和我，我们在这条长椅上交谈的时间要远远超过我和我那可怜的母亲所有的交流时间——相信我，使用"可怜"这个词，是出于尊重，而非出于母子感情。知道母亲没了，我并未感到多少哀伤。继承了母亲的钱物，我非但不觉感激，反而有点儿恼火：原来她是爱我的，可她为何如此难以向我启齿呢?

我认为,应该在活着时就让孩子们知道你是爱他们的。反正,我是这么看待问题的。反正,阿妮特和我是这么看待问题的。

我换了个话题,这时也只好换个话题才行。我问玛格丽特:"找个星期天中午,来家里吃饭怎么样?我来接您。"

"去您家里?"

"其实就是我那个篷车斗棚。您知道,四个人吃饭地方都够大,所以不会差您一个人的位子……天气好的话,还可以把桌子搬到外面吃。您顺便看看我的菜园。"

她笑了。她说:"好,当然可以了。很乐意……"

我们商量好了菜谱,餐后甜点届时由玛格丽特带来。

下星期天十一点整去接她。

然后她说:"日耳曼,而我呢,如果能请您到白杨公寓吃饭,也会很开心。我希望您不要拒绝。"

"您这么说的话,那好,我当然愿意。就是不知道我能不能进去。"我说道。

　　"当然能进了。住客每个月有一个星期天可以请家人来吃饭。我会告诉他们您是我的孙子。"

　　我心想，她既然这么说，算是我们俩早就相互"认领"了。从情感方面讲，这样正好。

　　"说我是您的孙子，您觉得他们会相信吗？"

　　"嗯，我们两个看上去有点相像，不是吗？尤其是体形……"

　　我笑着说："还真有那么一点儿呢。"